Ugo Cornia
Geschichten von meiner Tante
(und anderen Verwandten)

Ugo Cornia
Geschichten von meiner Tante
(und anderen Verwandten)

Aus dem Italienischen von Marianne Schneider

Verlag Klaus Wagenbach   Berlin

Die italienische Originalausgabe erschien 2008 unter dem Titel
Le storie di mia zia (e di altri parenti) bei
Giangiacomo Feltrinelli Editore in Mailand.

Wagenbachs Taschenbuch 618
Deutsche Erstausgabe

© Giangiacomo Feltrinelli Editore, Milano
© 2009 für die deutsche Ausgabe: Verlag Klaus Wagenbach,
Emser Straße 40/41, 10719 Berlin
Umschlaggestaltung Julie August. Reihenkonzept Rainer Groothuis.
Autorenphoto © Basso Cannarsa
Das Karnickel auf Seite 1 zeichnete Horst Rudolph.
Vorsatzmaterial von peyer graphic, Leonberg.
Gedruckt auf chlorfei gebleichtem Papier (Schleipen) und
gebunden bei Pustet, Regensburg. Printed in Germany.

ISBN 978 3 8031 2618 4

Inhalt

Die Geschichte von Giovanni

Ein Freund aus dem Veneto erzählte mir die Geschichte von einer Einnahmequelle, die er früher einmal hatte.

Vor elf Jahren kam er hierher nach Modena, um sich auf Informatik zu spezialisieren. In der Schule ließ er sich dafür bezahlen, dass er komisches Zeug aß. Für fünfhundert Lire aß er ein Papiertaschentuch oder eine Brennnessel. Für zweitausend Lire aß er eine Seite des Informatikhandbuchs oder einen mittelgroßen Radiergummi, auch wenn ihm all das Zeug längst zum Hals heraushing. Er war zudem ein sehr magerer Typ, und niemand hätte gedacht, dass ihn Essen besonders begeistern könnte.

Einmal fand ein Freund von ihm im Schulhof einen fetten, lebenden Regenwurm und sagte zu ihm »Giovanni, wenn du den aufisst, kriegst du hunderttausend von mir«.

Da wurde mein Freund sehr unschlüssig, weil das in der Zeit damals eine hübsche Summe war. Nur hatte er sich auch in eine Mitschülerin verknallt und fürchtete, sie könnte erfahren, dass er Würmer aß, und dann glauben, er sei kein besonders reinlicher Typ. Also ließ er sich das Geld durch die Lappen gehen, aber dann hat sich das Mädchen in ihn verliebt und jetzt sind sie glücklich und zufrieden.

Das Wunder der Fleischbrühe

Vor vielen Jahren, als Tante Bruna noch in Rom wohnte, setzte sie eines Tages einen großen Topf mit Fleisch auf, um eine Fleischbrühe für sich und ihre Familie zu machen. Dann kamen, während die Brühe kochte, Freunde der Familie auf Besuch und alle redeten miteinander, und meine Tante bot ihnen etwas zu trinken an. Da an dem Tag sehr schönes Wetter war, meinte einer, sie könnten doch in die Stadt gehen, Schaufenster anschauen und etwas einkaufen, und da gingen sie alle zusammen weg.

Nachdem das Grüppchen schon einige Zeit im Zentrum von Rom bummelte, stießen sie, als sie um eine Ecke bogen, auf eine große Menschenmenge und fragten, wieso hier so viele Leute stehen würden, und einer sagte »Hier kommt der Papst vorbei, er ist gerade von einer Reise zurück!« Da beschlossen sie alle, stehen zu bleiben, um den Papst vorbeikommen zu sehen. Aber als sie schon eine Weile dastanden und warteten, dass der Papst vorbeikam, fiel meiner Tante ihre Fleischbrühe ein, die jetzt bestimmt schon völlig verkocht sein musste und bald Feuer fangen würde, wodurch vielleicht die ganze Küche in Flammen aufging, und der Gedanke setzte sich in ihrem Hirn fest und ließ ihr keine Ruhe mehr, am liebsten hätte sie sich erschossen, aber es war ihr peinlich zu sagen, sie müssten jetzt alle eiligst nach Haus, um die Fleischbrühe zu retten, also sagte sie nichts und blieb stehen, wo sie war.

Nach einer Stunde kam dann endlich der Papst vorbei, alle schrien vor Freude, und dann gingen sie nach Haus. Während der Heimfahrt war meine Tante in größter Sorge und sagte unentwegt zu sich »Nichts zu machen, ich bin einfach blöd und mein Kopf dazu, die Fleischbrühe ist bestimmt verkohlt«.

Als sie aber nach Haus kam, war die Fleischbrühe wie durch ein Wunder nicht nur nicht verdampft, sondern sogar perfekt gelungen.

Die letzten Freuden meines Ururgroßvaters

Mein Ururgroßvater Bartolomeo Ferrari, genannt Burtel, hasste sein Lebtag immer einen gewissen Marco Arturo Vicini, den politischen Gegner seines Sohnes Adolfo. Als mein Ururgroßvater in den letzten Jahren seines Aufenthalts auf dieser Welt schon sehr alt und nicht mehr besonders hell im Kopf war, saß er immer zu Hause und selbst das Lesen fiel ihm schwer. Aus diesem Grund ging sein Enkel Santo Ferrari, mein Großonkel, jeden Tag zu ihm, um ihm die Lokalnachrichten von Modena vorzulesen.

Aber damit die Nachrichten nicht so langweilig waren und der arme alte Mann, der immer zu Hause sitzen musste, eine Freude hatte, bearbeitete Onkel Santo die Nachrichten, so gut es ging: Es hieß zum Beispiel, dass um neun Uhr früh in der Via Farini ein Herr von einem Taschendieb überfallen worden sei, aber er sagte: Der Abgeordnete Marco Arturo Vicini wurde gestern früh um Punkt neun Uhr in der Via Farini von einem Taschendieb überfallen. Da freute sich mein Ururgroßvater und sagte »Na, das ist mal eine gute Nachricht«.

Oder es hieß in einer Notiz, dass irgendein Herr unglücklicherweise vor dem Dom unter eine Straßenbahn geraten sei, und er las ihm vor »Gestern Nachmittag um Punkt sechzehn Uhr geriet unglücklicherweise der Abgeordnete Marco Arturo Vicini unter eine Straßenbahn, wobei er sich beide Beine und einen Schulterknochen brach«, da sagte mein Ururgroßvater »Das freut mich wirklich, es gibt offenbar doch noch eine Gerechtigkeit auf dieser Welt«.

Onkel Santos Zuckerkrankheit

Mein Großonkel Santo Ferrari, der im Zentrum von Mailand eine Kanzlei hatte, wo er den ganzen Tag zusammen mit seinem Sohn Roberto arbeitete, wurde nach vielen Jahren ehrbarer Arbeit Diabetiker und durfte somit überhaupt nichts mehr essen, was Zucker enthielt. Er war schon über achtzig, und allen schien es, als habe er dieses Verbot ohne Weiteres akzeptiert. Onkel Santo sagte nämlich, es mache ihm nichts aus, und auch seine Haushälterin sagte, im ganzen Haus sei nichts Süßes mehr.

Doch hatte sein Sohn Roberto bemerkt, dass Onkel Santo von dem Zeitpunkt an begonnen hatte, so gegen zehn Uhr vormittags eine Pause einzulegen, um in die Bar zu gehen, was er in den fünfzig vorhergehenden Jahren nie getan hatte, und dass er jeden Vormittag eine gute halbe Stunde wegblieb. So hatte er eines Tages beschlossen, ihm durch das Schaufenster der Bar nachzuspionieren, und hatte gesehen, dass Onkel Santo zwei oder drei Stück süßes Gebäck aß, dann sorgfältig nachsah, ob irgendwo ein wenig Puderzucker an ihm hängen geblieben sei, bezahlte und dann höchst vergnügt in die Kanzlei zurückkehrte und sagte, er habe wirklich einen guten Kaffee getrunken. Noch am selben Tag ging Roberto zu dem Barkellner, den er gut kannte, und sagte ihm, er solle bitte seinem Vater kein süßes Gebäck mehr geben, da er Diabetiker geworden und alles Süße für ihn pures Gift sei. So war Onkel Santo, der auch am Morgen darauf in die Bar hinunterging, statt eine halbe Stunde auszubleiben, schon nach fünf Minuten ins Büro zurückgekommen und hatte sich, ohne ein Wort zu sagen, wieder an die

Arbeit gemacht. Und an den folgenden Tagen war er gar nicht mehr in die Bar gegangen.

Eines schönen Morgens aber, es mochte ungefähr ein Monat vergangen sein, seitdem der Barkellner Bescheid wusste, war Roberto schon eine Weile im Büro, während sich Onkel Santo immer noch nicht hatte blicken lassen, da rief er bei ihm zu Hause an und fragte, ob er schon weggegangen sei, und die Haushälterin antwortete ihm, Onkel Santo sei wie gewohnt um dieselbe Zeit weggegangen und habe gesagt, er gehe jetzt in die Kanzlei. Da rief Roberto auch seinen Bruder Giorgio an, ob Onkel Santo vielleicht bei ihm sei, aber Giorgio sagte, er habe ihn nicht gesehen. Darauf hatten Roberto und Giorgio Verwandte und Bekannte angerufen, aber vergeblich, niemand wusste etwas von Onkel Santo, so gingen sie in die umliegenden Straßen, weil sie dachten, es sei ihm etwas Schlimmes zugestoßen oder er habe das Gedächtnis verloren.

Während sie so herumliefen, atmeten sie auf einmal erleichtert auf, denn sie sahen ihn auf den Stufen der Kirche Santa Lucia sitzen, ein Tablett voll süßen Gebäcks auf den Knien, und da auch er sie gesehen hatte, tat er so, als wäre nichts, in der Hoffnung, dass auch sie täten, als wäre nichts.

Die Stierausstellung

Meine Tante, jetzt in Pension, früher Angestellte bei der Handelskammer, zu deren Obliegenheiten auch die Führung des Registers der Stiere von Modena gehörte, erzählt oft: Als sie einmal von Berufs wegen an einer Stierausstellung teilnehmen musste, wo auf einem großen Feld in einer Reihe viele prachtvolle Exemplare und eine Menge Schaulustige standen, und als plötzlich auf einer nahen Straße ein Volltrottel mit einer Lambretta ohne Auspuff vorbeifuhr, der sich einen Spaß daraus machte, den Motor aufheulen zu lassen, bekam einer von den Stieren einen solchen Schrecken und wurde so wild, dass er sich von der Kette losriss und ein allgemeines Tohuwabohu verursachte, aber niemand in der Lage war, ihn aufzuhalten. Der Tisch der Behörden wurde von dem rasenden Tier sofort auf die Hörner genommen, sodass Stempel und Medaillen und Papiere überall verstreut wurden und im Nu zertrampelt waren. In dem Augenblick stieg der Schrecken der Leute über die Maßen und alle rannten nach allen Seiten davon.

Aber dann trat aus der flüchtenden Menge ein Junge, der höchstens zehn Jahre alt war, und schrie dem Stier zu »Hör auf, Dorando, gib Ruhe«, da stand der Stier augenblicklich still, und der Junge streichelte ihm die Nase und nahm ihn am Nasenring und führte so das wieder zahm gewordene Tier an seine Kette zurück. Alles wurde wieder friedlich.

Aber wie man dann am folgenden Morgen aus den Zeitungen erfuhr, verunglückte das Auto, in dem der Junge saß, während der Heimfahrt, und der Junge war auf der Stelle tot.

Noch eine Unternehmung von Onkel Santo (1)

Onkel Santo schaffte es immer, für alles, womit man ihn betraute, eine Lösung zu finden. Auch für das Seltsamste.

Die Schwester von Tante Ida, das heißt die Schwester von Onkel Santos Frau, hatte schon länger eine Liebesbeziehung zu einem Arzt. Aber der Arzt konnte sich nicht entschließen, sie zu heiraten.

So begann Tante Ida eines Tages Onkel Santo zu traktieren, zu dem Arzt zu gehen, wo sie sich doch kannten, um ihn so weit zu bringen, dass er ihre Schwester heirate. Also ging Onkel Santo zu dem Arzt, um mit ihm zu sprechen, aber da Onkel Santo, als er den Arzt aufsuchte, Beschwerden vorschützen musste, untersuchte ihn der Arzt und, als er Leber- und Galledysfunktionen entdeckte, verordnete er ihm eine Behandlung mit zwölf intravenösen Spritzen, weswegen er einmal wöchentlich in seine Praxis kommen musste. Also sah Onkel Santo in den drei folgenden Monaten den Arzt jede Woche einmal, weil er ihm die Spritze gab, und dabei kamen sie auch ins Gespräch.

Und noch ehe der Spritzenzyklus zu Ende war, hatte es Onkel Santo geschafft, den Arzt so weit zu bringen, dass er bereit war, die Schwester von Tante Ida zu heiraten. Kurz darauf heirateten sie tatsächlich.

Als ich Onkel Santo zum letzten Mal sah

Als ich Onkel Santo zum letzten Mal sah, war er schon dreiundneunzig Jahre alt und fünf Monate später sollte er sterben. Wir waren in Guiglia in einem Restaurant, denn es war das Hochzeitsmahl einer meiner Cousinen, selbst Vettern fünften Grades waren da und andere Verwandte, die ich nie in meinem Leben gesehen hatte, oder vielleicht hatte ich sie auch gesehen, aber ohne zu wissen, dass es Verwandte waren.

Ich saß an einer Ecke der großen Tafel neben Onkel Santo und gegenüber von meinen Vettern, und das ganze Mahl war in größter Heiterkeit verlaufen, denn an der uns gegenüberliegenden Seite des Saals waren Fenster, die auf einen Innenhof gingen, und dort war ein großer schwarzer Hund mit langhaarigem Fell eingeschlossen und an jedem Fenster stand groß mit Filzstift geschrieben VORSICHT – BISSIGER HUND – DIE FENSTER NICHT ÖFFNEN, doch ein Herr, den ich vorher nie gesehen hatte und von dem ich, wie von mindestens weiteren zehn Leuten, die bei der Gelegenheit anwesend waren, immer noch nicht weiß, ob er wirklich mit uns verwandt ist oder nicht, machte auf einmal ein Fenster auf, obwohl alle gesagt hatten, er solle es nicht tun, denn er wollte als großer Hundefreund den Hund streicheln, und sagte, mit den Hunden kenne er sich aus, aber kaum hatte er das Fenster geöffnet, machte der Hund in weniger als einer Sekunde einen Satz und biss ihn in den Arm. Da kam die Kellnerin und machte ihm eine Szene und sagte, er könne wohl nicht lesen, und es sei jedes Mal dasselbe, immer sei einer dabei, der den armen Hund nicht in Ruhe lasse; nachher wurde der Herr von jemandem ins Krankenhaus begleitet, um sich verbinden zu lassen, und die zweite Hälfte des Hochzeitsmahls war eine Gelegenheit geworden, Geschichten zu erzählen, die von Missgeschicken mit Hunden oder anderen Tieren handelten.

Auf jeden Fall war auf einmal, mindestens eine Stunde nach dem Biss des Hundes, der Augenblick für die Hochzeitstorte da, und als Erste wurden die alten Leute bedient, und Onkel Santo hatte trotz seiner Zuckerkrankheit von seinem Sohn Roberto die Erlaubnis bekommen und ein Stück Torte gegessen. Dann waren die Ober überall herumgegangen und hatten alle anderen bedient, am Schluss brachten sie auch uns, den Jüngsten, ein Stück Torte, und in dem Augenblick begann Onkel Santo mir in die Augen zu schauen und eines seiner alten Lieder aus dem Ersten Weltkrieg zu singen, und er fuhr fort, mir singend in die Augen zu schauen, und ich schaute lächelnd zurück und war fast verlegen, weil wir uns jetzt schon länger als eine Minute in die Augen schauten, und er sang, und unter anderem fragte ich mich, ob Onkel Santo sich daran erinnerte, dass ich sein Neffe bin oder ob er nicht wusste, wer ich bin, auf jeden Fall sang mir Onkel Santo weiter dieses Lied vor, dann sah ich auf einmal unterhalb meines Gesichtsfeldes, dass er, während er mir ins Gesicht schaute, mit der Hand den Teller mit meinem Stück Torte wegzog. Da schaute ich ihm weiter in die Augen, während er sang, und als er mein Stück Torte vor sich stehen hatte, hörte er auf zu singen und hörte auf, mich anzuschauen, und fing an die Torte zu essen.

Und das war das letzte Mal, dass ich Onkel Santo sah.

Das Tomatenmark

Mein Vater erzählte hin und wieder, um mir zu erklären, was Hunger im Krieg gewesen war, folgende Geschichte, die ihm exemplarisch erschien: Gegen Ende des Krieges, als er mit seiner Großmutter und seinem Bruder in Vignola wohnte, war der Hunger so schlimm geworden, dass alle Leute Gras kochten, sie gingen auf die Wiesen und rupften alles Gras, was sie finden konnten, dann kochten sie es in einem Topf, und wenn es weich gekocht war, aßen sie es, aber später war es schwer geworden, überhaupt noch Gras zu finden, weil auch die Wiesen in der Nähe von Vignola kahl gerupft waren, und man musste immer noch ein Stück weiter gehen, um noch Gras zu finden. Und dann sagte er, die Fleischbrühe und das gekochte Fleisch und alle diese Sachen, also das Fleisch sei, so hieß es, von Mäusen, und man sah überhaupt keine Maus mehr weit und breit (später las ich in einem Buch, dass während der Belagerung von Tolent eine Maus um zweihundert Gulden verkauft worden war). Aber seine Großmutter hatte durch merkwürdige Beziehungen über Bekannte, an die er sich nicht mehr erinnerte, zwei Flaschen Tomatenmark aufgetrieben und sie im Keller eingeschlossen.

Eines Tages nun gab ihm die Großmutter den Kellerschlüssel und schickte ihn und seinen Bruder, eine von den zwei Flaschen Tomatenmark zu holen, weil sie einen Tomatensugo machen wollte, und sie gingen ganz normal die Treppe hinunter, aber als sie dann in den Keller kamen und die Flasche mit dem Tomatenmark in die Hand nahmen, bekamen sie plötzlich allein vom Anblick einen solchen Hunger, dass mein Vater zu seinem Bruder sagte, sie sollten sofort hier im Keller die Flasche austrinken, jeder eine Hälfte, aber sein Bruder sagte nein, sonst wird die Großmutter böse. Da fingen sie an, die Stufen hinaufzugehen, und wie sie die Flasche mit dem Tomatenmark so in der Hand hielten, bekamen sie einen solchen Hunger, dass sie, obwohl sie schon vor der Haustür standen, es nicht mehr aushielten und die ganze Flasche leertranken. So mussten sie noch einmal in den Keller hinunter, und während sie die Treppe hinaufgingen, sagten sie, bei dieser zweiten Flasche müssten sie sich zusammennehmen und dürften sie nicht trinken. Als sie aber wieder vor der Haustür standen, tranken sie auch die zweite Flasche aus.

Dann sagten sie es ihrer Großmutter, die, anstatt böse zu werden, nur sagte »Hoffentlich kriegt ihr jetzt nicht Bauchweh«.

Tante Brunas Nervenzusammenbruch

Es gab einmal eine Zeit, da kam Tante Bruna immer zu meiner Mutter (damals wohnten wir noch in zwei Wohnungen, die nebeneinander lagen) und sagte, sie würde sich früher oder später umbringen, weil sie das Leben nicht mehr aushalte, und eines Tages würden wir alle, wenn wir nach Haus kamen, sie zerschmettert im Hof liegen sehen, weil sie aus dem Fenster gesprungen sei. Meine Mutter machte sich Sorgen, wenn sie die Tante so reden hörte, und ging zu den Tanten (in die Wohnung nebenan) und sprach heimlich mit der anderen Tante, Tante Maria, darüber und sie sagten, Bruna sei am Rande eines Nervenzusammenbruchs, während mein Vater sagte, wenn einer immer sagt, er bringt sich um, dann können die anderen sicher sein, dass er sich bestimmt nicht umbringen wird.

Eines Nachts jedenfalls, so ungefähr um zwei, war bei uns eine kleine Unruhe entstanden, auch wenn es eine leise Unruhe war, denn Tante Maria war herübergekommen und sagte, dass sie schon seit zwei Stunden höre, wie Tante Bruna in ihrem Zimmer ein merkwürdiges Gewinsel von sich gebe, und nach ihrer Meinung weine sie seit zwei Stunden ununterbrochen. Da jetzt bei uns schon alle wach und auf den Beinen waren, nur mein Vater war im Bett geblieben und fluchte, weil man in diesem Haus nie schlafen könne, gingen wir, meine Mutter und Tante Maria vorneweg, meine Schwester und ich hinterdrein, alle auf sehr leisen Sohlen in die Wohnung der Tanten, um vor der geschlossenen Tür des Schlafzimmers zu horchen, wie Tante Bruna weinte, und nachdem wir uns eine Minute lang die merkwürdigen Laute angehört hatten, sagte meine Mutter, sie gehe jetzt hinein, um zu hören, was mit ihr los sei.

Dann ging sie hinein und sagte »Bruna, was ist denn los mit dir? Warum weinst du so?«, und Tante Bruna sagte, sie weine ja gar nicht, sondern lese seit zwei Stunden *Der brave Soldat Schwejk* und sie müsse so lachen, dass ihr die Puste ausgehe. Da legten wir uns alle wieder ins Bett.

Geschichten von Brüdern

Eine Zeit lang gingen wir immer *gnocco fritto* [Ölgebackenes aus Brotteig] essen, in ein Wirtshaus nicht weit vom Scoltenna, und zudem ist das Gebäude heute kein Wirtshaus mehr, sondern ein gewöhnliches Haus, in dem sicher lauter Immigranten wohnen, weil an den Fenstern fünf oder sechs Parabolantennen sind, auf jeden Fall, immer wenn wir mit dem Auto in der Kurve waren, nach der das Wirtshaus auftaucht, musste mein Vater lachen und er erzählte, als er vierzehn war und einen Bruder hatte, der zwei Jahre jünger war als er und der ihm im Sommer immer nachlief und immer mit ihm mitwollte, während mein Vater schon in dem Alter war, in dem man gern allein unterwegs sein möchte, ohne seinen Bruder, und einmal war er also früh am Morgen mit dem Rad von Vignola losgefahren, mit seinem Bruder auf dem Gepäckträger, und sie waren bis unterhalb von Fanano gekommen, und am Nachmittag fuhren sie dann zurück und mein Vater raste wie der Blitz bergab, sein Bruder sagte, er solle langsamer fahren, sonst würden sie sich noch den Schädel einrennen, aber mein Vater fuhr absichtlich immer schneller, und genau in der Kurve waren sie gestürzt, nur dass sich mein Vater kaum wehgetan hatte, während sich mein Onkel sehr wehgetan hatte, er hatte sich die Knie und die Hände aufgeschlagen und das Blut rann ihm in Strömen herunter. Da waren sie in das Haus gegangen, das später das Wirtshaus wurde, und hatten die Bewohner dort gefragt, ob sie etwas zum Desinfizieren hätten. Damals wohnten Bauern in dem Haus, die sofort ja sagten und eine große Flasche Essig aus dem Keller holten und sich daranmachten, meinem

Onkel unter dessen lautem Gebrüll sämtliche Wunden und Schürfungen zu reinigen. Und an der Art, wie mein Vater dieses Abenteuer im Abstand von dreißig Jahren erzählte, merkte man, dass es ihm außerordentlich gut gefallen hatte, denn selbstverständlich träumt der größere Bruder, auch wenn sich zwei Brüder gern mögen, immer davon, den kleineren zu vernichten.

Durch diese Geschichte kommt mir eine andere mit entgegengesetzter Bedeutung in den Sinn, die mir neulich ein Freund erzählt hat. Mein Freund sagte, sein Vater, den ich gut kenne und der immer ein sehr friedlicher Herr gewesen ist und jetzt ungefähr siebzig Jahre alt sein dürfte, habe im vergangenen Jahr wie gewöhnlich seinen großen Bruder, der schon über achtzig sei und seit einigen Jahren nicht mehr gern am Steuer sitze, mit dem Auto nach Fanano gebracht. Nachdem sie in Fanano gewesen waren und der Onkel erledigt hatte, was er erledigen musste, fuhren sie ins Tal hinunter und auf einmal sagte der Onkel »Fahr langsamer, du fährst zu schnell«, und der Vater sagte »Ich fahre ganz normal, siebzig bei Geschwindigkeitsbegrenzung neunzig«, und der Onkel sagte wieder »Fahr langsamer, du fährst zu schnell«, und der Vater sagte wieder »Ich fahre normal« »Nein, fahr langsamer« »Nein, ich fahre normal« »Nein, fahr langsamer« »Nein, ich fahre normal«, und da sagte der Vater meines Freundes zu seinem Bruder »Du hast lang genug befohlen, fünfzig Jahre immer befohlen, damit ist es jetzt aus, vorbei, Schluss«, dann fuhr er sogar schneller, und seitdem reden sie nicht mehr miteinander.

Höflichkeit

Tante Maria war im Januar achtzehnhundertvierundneunzig geboren und sie hatte daher eine Reihe von Gewohnheiten, die sich von unseren heutigen ziemlich stark unterscheiden, obschon sie mir immer gut und normal vorkamen. Ich erinnere mich, einmal war ich sie besuchen gegangen, da war eine Freundin bei ihr, namens Signorina Garuti, die war damals noch zwei, drei Jahre älter als meine Tante, die seinerzeit ungefähr neunzig gewesen sein muss und die Signorina Garuti also zweiundneunzig oder dreiundneunzig.

Ich war dann auch geblieben und hatte mich zu ihnen in einen Sessel gesetzt, um mich ein bisschen mit ihnen zu unterhalten und ein Gläschen Wermut zu trinken, dann hatten Tante Maria und die Signorina Garuti eine Zigarette geraucht. Eine halbe Stunde danach hatte die Signorina Garuti ein Taxi gerufen und war nach Haus gefahren. Da ich – seinerzeit dürfte ich schon über fünfundzwanzig gewesen sein – Tante Maria nie hatte rauchen sehen, fragte ich sie, wieso sie geraucht hätte, was mir wirklich sehr merkwürdig vorgekommen sei, und meine Tante antwortete, wenn die Signorina Garuti zu ihr komme, rauche sie immer mindestens eine Zigarette, manchmal auch zwei oder drei. Da fragte ich »Warum?« und Tante Maria sagte, es sei aus Höflichkeit, da nämlich die Garuti immer geraucht habe, rauche auch sie, wenn sie mit ihr zusammen sei, damit die Garuti nicht meine, es sei lästig, wenn sie in Gegenwart einer Nichtraucherin rauche. Das hätte der Garuti peinlich sein können, was meine Tante auf keinen Fall gewollt hätte, denn sie waren schon seit ewigen Zeiten miteinander befreundet.

Der Briefkasten

Mein Urgroßvater Adolfo Ferrari und ein Bekannter von ihm waren gegen Ende des neunzehnten Jahrhunderts große Anhänger des Abgeordneten Gallini, eines Vertreters der Radikalen. Den hatten sie immer gewählt. Da geschah es, dass auf einmal die Koalition, zu der der Abgeordnete gehörte, die Wahl gewann und an die Regierung kam, und zu den Maßnahmen, die sie trafen, gehörte auch ein Gesetz, das eine Verlegung der Postämter vorsah.

Dieser Herr, der meinen Urgroßvater kannte und der ein überzeugter Anhänger des Abgeordneten Gallini war, wohnte in einem Haus, an dem unten ein Briefkasten angebracht war, und er schaute den ganzen Tag zum Fenster hinaus, ob jemand kam, der seine Post in den Briefkasten an seinem Haus steckte, und so vertrieb er sich die Zeit. Während er so am Fenster stand, wechselte er mehrmals am selben Tag einige Worte mit denen, die ihre Post einwarfen, und das war seine ganze Freude.

Dann wurde aufgrund dieses Gesetzes über die Postämter der Briefkasten unten an seinem Haus abmontiert und durch einen neuen Briefkasten in dreihundert Meter Entfernung ersetzt. Da ärgerte er sich so, dass er Gallini nie mehr seine Stimme gab und sein Lebtag überhaupt nie mehr wählte.

Das Kleid

Tante Filomena hatte als junges Mädchen einen, der sie sehr verehrte. Er war Dichter und hieß: der Dichter Pisanti. Während der Dichter Tante Fila anbetete, konnte Tante Fila ihn nicht ausstehen.

Eines Sommers lässt sich Tante Fila ein sehr schönes Kleid aus einem gelb und schwarz gestreiften Stoff machen und geht dann ins Gebirge, um dort den Sommer zu verbringen, und unter den Sachen, die sie mitgenommen hatte, war auch das gelb und schwarz gestreifte Kleid. Der Dichter Pisanti sieht das Kleid, das Tante Fila eines Sonntags zum Spaziergang angezogen hat, und fährt nach Modena, kauft sich denselben gelb und schwarz gestreiften Stoff wie den, aus dem das Kleid meiner Tante gemacht ist, und lässt sich von einem Schneider einen Anzug machen, der aber im Stil so ist wie das Kleid meiner Tante. Am Sonntag darauf geht Tante Fila ins Dorf, dann in die Kirche, und als sie in der Kirche ist und den Dichter Pisanti mit einem Anzug sieht, der aus demselben Stoff gemacht ist wie ihr Kleid, bekommt sie eine große Wut.

Für ihn war es ein großer Liebesbeweis gewesen, sich diesen Anzug aus demselben Stoff anzuschaffen, für sie eine solche Beleidigung, dass sie ihr Lebtag nicht mehr mit ihm reden wollte.

Der Zusammenbruch des Ottomanischen Reichs

1917 brach irgendwann das Ottomanische Reich zusammen. Ein *Corps des Dreierbündnisses*, auch *Armée d'Orient* genannt, war an die Dardanellen beordert worden, um dort die Lage unter Kontrolle zu behalten, und Onkel Santo, der dazugehörte, wurde mit noch anderen Italienern nach Saloniki geschickt.

In Saloniki zu sein war damals allerdings unglaublich langweilig, denn die Stadt war alles andere als voller Leben und es passierte überhaupt nichts. Da hatten sie folgendes Lied komponiert:

> *Oh süße orientalische Nacht*
> *Du hast mich krank gemacht*
> *Muss ich noch lang in Saloniki bleiben*
> *So werd' ich mich bald selbst entleiben*

und sie taten den ganzen Tag gar nichts und dazu trällerten sie dieses Lied.

Dann war zum Glück ausgerechnet in Saloniki ein Waffenschmuggel entdeckt worden und sie mussten Ermittlungen anstellen; da unentwegt Begräbnisse stattfanden, hatten sie entdeckt, dass statt der Toten fast immer Gewehre in den Särgen lagen. Dann wurde eine Verordnung ausgegeben, dass kein Toter in einem Sarg zum Friedhof gebracht werden durfte, und wenn jemand starb, musste er in einer Kutsche sitzend und von Militär eskortiert zum Friedhof fahren.

War man am Friedhof angekommen, dann hob man den Verstorbenen aus der Kutsche und beerdigte ihn.

So vertrieben sich die italienischen Soldaten die Zeit als Bewacher von Toten in der Kutsche zum Friedhof. Bis zum Ende des Krieges.

Die Verwandten des seligen Cafasso

1945, in den letzten Kriegstagen, beschließt mein Großvater mit noch anderen Faschisten, aus Modena zu fliehen, und meine Tante Maria floh mit ihnen. An einem bestimmten Punkt, in der Nähe von Cremona, überqueren sie mit Booten den Po, und als sie am anderen Ufer des Po angekommen waren, ging jeder für sich allein weiter, weil es leichter war, einzeln durchzukommen.

Tante Maria blieb mit zwei Herrschaften, einem Ehepaar, die sagen zu ihr »Signora, haben Sie keine Angst. Kommen Sie mit uns, wir sind nämlich mit dem seligen Cafasso verwandt, und Sie werden sehen, wenn wir uns an ein Nonnenkloster wenden, werden uns die Schwestern mit offenen Armen aufnehmen«. Dann gehen sie alle drei zu einem Kloster, klingeln und die beiden Herrschaften sagen »Wir sind Verwandte des seligen Cafasso und suchen eine Unterkunft für die Nacht«. Aber in dem Kloster wurden sie nicht aufgenommen. Aber sie sagen weiter zu meiner Tante, sie brauche sich keine Sorgen zu machen, und gehen zu einem anderen Kloster. Sie klingeln, sagen »Wir sind die Verwandten des seligen Cafasso«, aber auch da nimmt man sie nicht auf. Dann gehen sie noch zu drei anderen Klöstern und sagen immer wieder, dass sie die Verwandten des seligen Cafasso sind, aber den Klosterbrüdern und den Klosterschwestern waren die Verwandten des seligen Cafasso offenbar egal und sie machten ihnen nicht einmal die Tür auf. Und so standen sie, als es Abend wurde, immer noch auf der Straße. Meine Tante fing an, sich große Sorgen zu machen. Während sie so auf der Straße stehen und sich fragen, was sie tun sollten, öffnete sich zum Glück auf einmal ein Fenster und eine Frau sagt zu ihnen »Wenn ihr keine Ansprüche stellt, nehmen wir euch bei uns auf«. Da wurde das Ehepaar in einem Zimmer untergebracht und Tante Maria musste im Schlafzimmer der Hausbesitzer zusammen mit dem kleinen Kind im Kinderbett schlafen.

Am nächsten Tag machten sich die Verwandten des seligen Cafasso wieder auf den Weg, und Tante Maria hatte das Glück, eine Lehrerin zu finden, die sie zehn Tage lang bei sich beherbergte. So rief meine Tante dreißig Jahre lang zu Weihnachten die Lehrerin an und wünschte ihr ein frohes Fest, denn in den Tagen damals nahm kein Mensch jemanden zu sich ins Haus. Die Verwandten des seligen Cafasso dagegen hat sie nie wieder gesehen.

Verzwanzigfacht/verzehnfacht

Mein Vater weckte uns hin und wieder alle auf, weil er mitten in der Nacht brüllte. Das geschah alle fünf oder sechs Jahre. Dann sagte er, er sei am Ersticken in einem langen Schacht, an dessen Ende man in der Ferne ein Licht sehe. Er sagte, das sei das Trauma seiner Geburt, denn, wie er sagte, war er sehr dick und groß, wog sechs Kilo, als er zur Welt kam, und weil aber seine Mutter sehr klein war, hatte er sechs Tage gebraucht, um auf die Welt zu kommen, was für ihn und für seine Mutter eine Qual gewesen war, die sie beide gezeichnet hatte. Er war nämlich nicht zu Hause geboren, wie es damals üblich war, weil man seine Mutter, nachdem schon Tage vergangen waren und er immer noch nicht auf der Welt war, ins Krankenhaus gebracht hatte, und so wurde er im Krankenhaus geboren und wog bei seiner Geburt schon mehr als sechs Kilo. Und in seinen Albträumen erlebte er, wie er sagte, die qualvollen Tage wieder, an denen er es nicht schaffte, auf die Welt zu kommen.

Mir gab diese Sache immer zu denken, denn mein Vater wog sechs Kilo, als er auf die Welt kam, und als Erwachsener wog er sechzig, ich wog dreieinhalb Kilo, als ich auf die Welt kam, und als Erwachsener habe ich immer mehr als siebzig gewogen, also habe ich mich seit meiner Geburt verzwanzigfacht, während mein Vater sich nur verzehnfacht hat, was wirklich sehr merkwürdig ist.

Mingone

Als ich klein war, erzählte mir Tante Maria immer folgende Geschichte: Als sie ein Kind war, lebte in Pievepelago ein armer Irrer, der hieß Mingone, war gut und tat niemandem was zuleide, deshalb hatte man ihn nicht ins Irrenhaus gesteckt, sondern er lief den ganzen Tag frei in Pievepelago herum, und manchmal bekam er kleine, einfache Geschäfte zu erledigen, wie jemandem ein Paar Schuhe bringen oder jemand anderem ein wenig Holz und so weiter.

Als dieser Mingone eines Tages so durch Pieve ging, stürzte er auf einmal, und die Leute, die in der Nähe waren, liefen hin, um ihm zu helfen, und als er wieder aufstand, sahen alle, dass er sich einen Stock ins Auge gestoßen hatte, und einige Frauen sagten dann »Armer Mingone!« Aber er lachte und freute sich. Da sagte einer zu ihm »Warum lachst du, Mingone?« Und er sagte »Ich lache, weil ich Glück gehabt habe, wenn nämlich der Stock wie eine Gabel gewesen wäre, hätte ich mir beide Augen ausstechen können«.

Schnaps

Einmal waren meine Mutter, meine Schwester und ich zu Hause, aber mein Vater war unterwegs, ich weiß nicht wo. Meine Schwester war noch klein, so ungefähr anderthalb Jahre alt, meine Mutter hatte sie im Arm und ging mit ihr in der Wohnung herum. Ich war fünf Jahre alt und spielte auf dem Boden. Auf dem Brett eines Bücherregals stand ein Glas Wasser, und als sie an dem Glas vorbeigingen, sagte meine Schwester zu meiner Mutter, dass sie Durst habe. Da nahm meine Mutter das Glas und goss es meiner Schwester in den Mund, die wurde nach drei Sekunden feuerrot und fing zu brüllen an, als würde sie von einer Motorsäge auseinandergesägt. Meine Mutter roch an dem Glas und merkte, dass es Schnaps war und kein Wasser, dann rief sie bei der Ersten Hilfe an, und die fragten sie, wie viel Schnaps in dem Glas gewesen sei, und sagten, sie solle meiner Schwester viel Milch zu trinken geben, und wenn sie in einer halben Stunde nicht wieder normal sei, sollte sie mit ihr kommen. Und so machte es meine Mutter auch. Als mein Vater nach Hause kam, machte sie ihm eine Szene und sagte, man dürfe eben keine Gläser voll Schnaps herumstehen lassen, während mein Vater sagte, sie hätte, anstatt sich so aufzuspielen, vorher probieren können, was sie ihrer Tochter zu trinken gab.

Dann ist nichts passiert, im Gegenteil, meiner Schwester, die jetzt erwachsen ist, schmeckt der Alkohol hervorragend.

Jehova

Eines Nachmittags, es war, glaube ich, schon April, und wir waren ungefähr dreizehn Jahre alt, ging ich so gegen drei Uhr zu meinem Freund Gianni Pecchini und wir hatten begonnen, Tischfußball zu spielen, auch seine Mutter war zu Hause und hatte einen Berg Kleider zu bügeln. Nachdem ich schon eine Weile dort war und wir spielten, klingelte es plötzlich an der Wohnungstür, und davor standen zwei erwachsene Zeugen Jehovas mit einem Kind, das kleiner war als ich und Gianni. Die zwei Zeugen Jehovas fingen an mit Giannis Mutter zu sprechen und sie sagte sofort zu ihnen, sie habe keine Zeit, weil sie das ganze Zeug da bügeln müsse und dann in die Arbeit gehe, weil sie im Krankenhaus Nachtschicht habe, also tue es ihr leid, aber sie habe wirklich keine Zeit. Da sagten die zwei Zeugen Jehovas, sie wollten nur einen Augenblick mit ihr über Gott reden, und da nämlich das Kind der Zeugen Jehovas kam, um uns beim Tischfußball zuzusehen, und wir uns nicht mit dem Kind anfreunden wollten, verabschiedeten wir uns von Giannis Mutter und gingen nach Sant'Agnese zum Fußballspielen. Nachdem wir dort schon länger als eine Stunde spielten, verging uns die Lust und wir beschlossen, wieder zum Tischfußballspielen zu Gianni zu gehen. Als wir aus dem Fahrstuhl kamen, sahen wir, dass die zwei Zeugen Jehovas immer noch in der Tür standen und mit Giannis Mutter redeten, und es waren gewiss schon anderthalb Stunden vergangen, seit sie mit Giannis Mutter über Gott zu diskutieren begonnen hatten. Da sind wir mit großer Geschwindigkeit zwischen den zwei Zeugen Jehovas durch und begannen im

Wohnzimmer am Boden wieder Tischfußball zu spielen, und wir hörten sie reden und hörten Giannis Mutter, die sagte, es tue ihr wirklich leid, aber sie habe keine Zeit, weil sie bügeln müsse, und so verging ungefähr noch eine Viertelstunde, und dann hörten wir, dass Giannis Mutter zu weinen anfing. Da gingen wir zur Tür und sahen Giannis Mutter auf einem Stuhl sitzen und weinen, und nachdem sie eine oder zwei Minuten geweint hatte, ohne etwas zu sagen, gingen die zwei Zeugen Jehovas mitsamt dem Kind endlich weg.

Von der Straßenbahn enthäutet

Als ich in die Mittelschule ging, wurden wir manchmal in die Bibliothek der d'Este geführt, wo wir über eine alte Zeitung von Modena, die »il Panaro« hieß, Referate machen mussten.

Einmal hatte einer einen wunderbaren Artikel gefunden, der hatte den Titel »KOMMT AUS DEM GULLY: VON DER STRASSENBAHN ENTHÄUTET« und erzählte die Geschichte von einem Arbeiter der Stadt Modena, den man losgeschickt hatte, in den Kläranlagen etwas in Ordnung zu bringen. Der hatte auf einmal einen so schrecklichen Lärm gehört, als würde ein Erdbeben kommen. Da hatte ihn sofort ein Schreck gepackt und er hatte den Gully aufgemacht, denn er wollte nicht lebendig in der Kloake begraben sein, falls alles einstürzte. Er kam aus dem Gully heraus und ragte schon mit dem Oberkörper hervor, nur dass es eben kein Erdbeben war, sondern dass die Straßenbahn gefahren kam, die ihn enthäutete, das heißt, sie hatte seine ganzen Haare und auch ein beachtliches Stück Kopfhaut mitgenommen, aber er war noch am Leben und lag im Krankenhaus.

Tellerfresser

Einmal erzählte mir ein Freund namens Edoardo, der jetzt ungefähr siebzig Jahre alt wäre: Als er ein Junge war, musste man nicht wirklich Hunger leiden, keiner wäre mehr hungers gestorben. Aber es waren immer noch Zeiten, in denen man fast nie so viel aß, dass man wirklich satt wurde, und daher hatte man den ganzen Tag ein bisschen Hunger, und egal wohin man ging und was man tat, der Hunger war immer dabei. Abgesehen von den Reichen hatten fast alle immer ein bisschen Hunger. Ein Freund von Edoardo aß alles, was er finden konnte, und man nannte ihn deshalb den Tellerfresser.

Eines Tages begann man, in der Nähe, wo sie beide wohnten, in den Gebirgsflüssen Wehre anzulegen, und er und Tellerfresser arbeiteten an den Sperren, um sich ein paar Lire zu verdienen. Die Bauarbeiten leitete ein Ingenieur, ein riesengroßer, dicker Kerl mit einem Bart, der, wenn die Essenszeit kam, seine Mappe aufmachte und zu essen und zu trinken herausholte und sich dann zum Essen in den Schatten eines Baumes setzte. Als Tellerfresser dem Ingenieur einmal beim Essen zuschaute, hatte er aus seiner Mappe ein grünliches Getränk herausgeholt. Tellerfresser, der noch nie ein grünliches Getränk gesehen hatte, fragte den Ingenieur, was das sei, und der Ingenieur sagte, es sei eine *Cedrata*, so was Ähnliches wie Limonade, aber mit einem anderen Geschmack.

Dann sagte er zu Tellerfresser, wenn er eine Flasche in einem Zug austrinke, bringe er ihm am nächsten Tag eine Literflasche mit. Als dann am nächsten Tag die Essenspause kam, stand Tellerfresser schon vor dem Ingenieur, und der Ingenieur, der eine Literflasche *Cedrata* mitgebracht hatte, gab sie Tellerfresser und Tellerfresser trank sie zuerst in einem Zug aus, dann rülpste er und dann fiel er ohnmächtig um.

Gnocco fritto

Mein Vater und zwei Freunde von mir, Fabio Bonvicini und Gianni Pecchini, hatten die Gewohnheit, wenn wir im Gebirge waren, sich um fünf Uhr nachmittags in der Küche einzuschließen und Lasagne für alle zu machen, sie machten immer fünf bis sechs Bleche. Oder sie machten *gnocco fritto*. Aber absolut niemand durfte in der Zeit die Küche betreten und sie stören.

Während sie einmal so in der Küche arbeiteten und Radio hörten, kamen auf einmal die Nachrichten, und fünf Minuten später, als alle Neuigkeiten durchgegeben waren, sagte das Radio: Die Nachrichten wurden gelesen von Franco Bianchi und Gina Motta, im Studio Mario Zitti und Giuseppe Rossi, Berichte aus dem Inland von Alfio Venturi, Franca Mangiapane und Fausto Rombi, Auslandskorrespondenten Rino Quadrati und Maurizio Fanti, Regie Arturo Righini und so weiter.

Da sagte mein Vater »Lieber Gott, so ein Haufen Leute für einen Furz«.

In San Martino in Rio

Ein anderes Mal erzählte mir Fabio Bonvicini, er sei vor ungefähr zehn Jahren, als er so um die dreißig war, auf einem
Anarchistenfest in San Martino in Rio gewesen. Es war ein
Fest in der Art, wie früher die Feste der »Unità« und des
»Avanti« waren, und er stand in der Schlange an die Blech-
theke gelehnt, um sich ein Bier zu holen, als plötzlich sein
Hintermann, der ungefähr mindestens fünfzig war und genau hinter ihm stand, mit voller Kraft auf die Theke haute,
und Bonvicini, der das nicht erwartet hatte, wäre vor Schreck
beinahe umgefallen. Dann holte sich Bonvicini sein Bier und
während er zu seinem Tisch zurückging, folgte ihm der andere, der vorher auf die Theke gehauen hatte, und fragte ihn
dann mit einem leicht venetischen Tonfall »Na, dann hast du
ja den Infarkt überstanden ... Woher bist du denn?« Und
Bonvicini sagte, er sei aus Modena, und der andere sagte »Na
so was, ich bin auch aus Modena«. Bonvicini fragte ihn dann,
wo er in Modena wohne, und er sagte »Ich bin nicht direkt
aus Modena, sondern in einem Dorf in der Provinz von Modena geboren«, da sagte Bonvicini »Ich bin auch in der Provinz geboren, aber wo bist du denn geboren?«, und der andere sagte »An einem ziemlich kleinen Ort«, und Fabio sagte
»Ich auch, aber wo genau?«, da sagte der andere »Ich bin nicht
an einem Ort in der Ebene geboren, sondern an einem Ort
im Gebirge«, und Fabio sagte »Ich bin auch im Gebirge geboren, aber wo bist du geboren?«, da sagte der andere »Ich bin
in einer Gemeinde geboren, wo sich Fuchs und Hase Gute-
nacht sagen, die du überhaupt nicht kennen kannst, denn es
ist die trostloseste Gemeinde vom ganzen Gebirge und heißt

Polinago«, und Fabio sagte »Das ist aber komisch, ich bin nämlich auch in Polinago geboren«. Aber der andere sagte, er sei in Wirklichkeit nicht genau in Polinago geboren, sondern in einem Ortsteil von Polinago, und Fabio sagte, er komme auch aus einem Ortsteil von Polinago, und fragte ihn, aus welchem Ortsteil. Da sagte der andere, er sei aus Gombola, und Fabio sagte, er sei auch aus Gombola. Aber der andere sagte, er sei eigentlich nicht direkt aus Gombola, sondern aus einem Weiler mit drei Häusern namens Ca' Bargonzi, und Fabio sagte »Ich stamme auch aus Ca' Bargonzi, und mit wem bist du dort verwandt?« Da sagte der andere, er sei verwandt mit Iorio, dem von der Post, also mit Iorio Bonvicini, und Fabio sagte »Iorio von der Post ist mein Onkel«, und der andere sagte »Dann sind wir Vettern, denn ich bin der Sohn von Anna Bonvicini«.

So entdeckten an dem Abend in San Martino in Rio zwei Personen, die sich nie zuvor gesehen hatten, rein zufällig, dass sie Vettern waren.

Der Panaro

Einige Monate, bevor mein Vater starb, war er im Krankenhaus in einem Sechsbettzimmer gelandet. Nach einigen Tagen wurde in das Bett ihm gegenüber ein anderer Herr gelegt, der ungefähr so alt war wie er und wie mein Vater
ebenfalls in Vignola aufgewachsen. Nach zwei oder drei
Stunden, als ihnen klargeworden war, dass sie beide in
denselben Jahren in Vignola aufgewachsen waren, hatten sie
angefangen, von Vignola zu reden, und dann, als sie schon
einige Tage von Vignola redeten, begannen sie vom Panaro
zu reden, und sie sagten: Vor fünfzig Jahren hat es in der
Nähe von Vignola Stellen gegeben, an denen der Panaro oft
mehr als fünf Meter tief war, und man musste beim Baden
aufpassen, weil es Stellen gab, da bildete der Panaro ganz
unerwartet plötzlich einen Strudel, und jedes Jahr kam einer
ums Leben, den ein Strudel erfasst hatte, und sowohl der
Herr als auch mein Vater erinnerten sich genau an einen,
den der Strudel erfasst hatte. Und dann sagten sie, seinerzeit
hat es Stellen gegeben, wo der Panaro mehr als drei Kilometer breit war, an manchen Stellen, wo heute Häuser stehen,
stand früher bei Hochwasser der Panaro, und dann sagten
sie beide, wenn du heute zu einem sagst »Vor fünfzig Jahren
ist dort der Panaro geflossen, der war breiter als drei Kilometer«, dann gibt es heute keinen mehr, der dir das glaubt, du
sagst es ihnen, aber sie glauben es dir nicht.

Eine schreckliche Inflation

Ich erinnere mich, es war einmal im Sommer, und wir saßen auf dem Zementboden vor dem Haus, es war ungefähr elf Uhr Vormittag und ich werde höchstens zwanzig gewesen sein. Wir waren: Tante Maria, Tante Bruna und ich, wir saßen auf Bänken und jeder war beschäftigt mit seinem eigenen Kram.

Da schaute Tante Maria, die damals bestimmt schon älter war als neunzig, auf die Tenne, und sie hatte gesehen, dass dort Papierfetzen herumlagen und zwischen den Stufen des Bodens Grasbüschel und wilde Zichorie gewachsen waren, und nachdem sie ein wenig hingeschaut hatte, sagte sie auf einmal zu mir, wenn ich eine halbe Stunde lang die Tenne sauber machte, die Papierfetzen aufsammelte und die Grasbüschel ausriss, dann würde sie mir fünfhundert Lire geben.

Aber in dem Moment sagte Tante Bruna zu Tante Maria »Tante Maria, aber schau mal, heute bekommt man für fünfhundert Lire nicht mal Eis mit Tüte, du musst ihm mehr Geld geben, wenn er eine halbe Stunde arbeiten soll«. Da sagte Tante Maria, das sei doch nicht möglich, dass man für fünfhundert Lire kein Eis bekommen könne, und Tante Bruna sagte, vielleicht könne man ein Wassereis kaufen, aber ein Eis mit Tüte bestimmt nicht, und sie sagte auch, sie solle in eine Eisdiele gehen, dann sehe sie es selbst, falls sie es nicht glaube und es mit eigenen Augen sehen wolle, und zuletzt sagte sie »Tante Maria, in den letzten zehn Jahren haben wir eine schreckliche Inflation gehabt«. Da fragte mich Tante Maria, wie viel denn ein Eis mit Tüte koste, und da ich sagte, es koste eintausendzweihundertfünfzig Lire, bat sie uns, ihr kein Eis mehr zu kaufen, sonst würden wir ja das Geld zum Fenster hinauswerfen.

»Ruf uns an!«

Ein argentinischer Freund, der viele Jahre in Italien gelebt hatte, ging nach Argentinien zurück, als dort wieder die politische Ordnung hergestellt war und auch die Wirtschaft, an den Dollar angehängt, wieder einen Aufschwung zu nehmen schien, aber kaum war er dort, brach die letzte große Wirtschaftskrise aus.

Da er einige Zeit später wieder nach Italien kam, um seinen Vater zu besuchen, der hiergeblieben war, weil er dem Land Argentinien nicht mehr traute, hatte er mich angerufen, er komme mich auf ein paar Tage besuchen, und ich freute mich sehr, ihn wiederzusehen. Als wir eines Abends im Zentrum von Modena spazieren gingen und ich ihn fragte, wie die Leute in Argentinien zurechtkämen, um zu leben, sagte er, alle versuchten sich zu behelfen, so gut es ging, und es könnten einem die merkwürdigsten Dinge passieren.

Zum Beispiel: Eines Abends kommst du von der Arbeit nach Hause, und nachdem du drinnen bist, merkst du sofort, dass der Kühlschrank nicht mehr da ist, dann gehst du ins andere Zimmer und auch der Fernseher ist weg, ebenso die Stereoanlage, dann versuchst du zu verstehen, was passiert ist. Auf einmal bemerkte er, dass dort, wo früher der Kühlschrank gestanden hatte, ein Zettel an der Wand klebte, auf dem handgeschrieben die Nummer eines Handys stand und die Aufschrift »Ruf uns an«. Er hatte fünf Minuten überlegt, dann hatte er angerufen, und die Stimme, die ihm antwortete, sagte, wenn er seine elektrischen Haushaltsgeräte wiederhaben wolle, müsse er am nächsten Tag um die und die

Zeit da und dahin kommen und für fünfzig Dollar könne er seine Geräte wiederhaben. Und so hat er's gemacht. Er fuhr mit dem Auto auf eine Art Landstraße, und die Typen, die seine Elektrogeräte beschlagnahmt hatten, öffneten einen Lieferwagen, gaben sie ihm wieder zurück und dankten ihm sehr für die fünfzig Dollar. Danach war Santiago, meinem Freund, klargeworden, dass genau damals in Argentinien die Zeitungen von einer der ersten Beschlagnahmen einiger Elektrogeräte berichtet hatten und dass verzweifelte Leute diese Artikel gelesen hatten und nun dachten, sie könnten auch Elektrogeräte beschlagnahmen, um über die Runden zu kommen, und so war einige Monate lang die Beschlagnahme von Elektrogeräten das typische Geschäft, und nach Santiagos Meinung handelte es sich um eine ziemlich liebenswürdige Form von Kleinkriminalität.

Sonntägliche Erinnerung

Eines Sonntags, ich dürfte sieben oder acht Jahre alt gewesen sein, kamen Onkel Santo aus Mailand und Tante Fila, die aber in Modena in der Via Prampolini wohnte, auf Besuch und zum Mittagessen, und dann war auch noch Tante Maria da, und sie waren alle schon älter als achtzig, dann waren auch noch da Tante Bruna, meine Mama und mein Vater und meine Schwester und vielleicht auch meine Cousine Mariolina, und nach allen Worten, Begrüßungen und Umarmungen hatten wir uns alle zum Essen gesetzt und es herrschte die gewohnte heitere und leicht überdrehte Stimmung, aber auf einmal musste ich Pipi, und da sagte ich es der Mama, die mich ins Bad schickte.

Also stand ich auf, wir waren in der Wohnung der Tanten, und ging ins Bad. Während ich dann Pipi machte, sah ich, dass ich eine Erektion hatte, und es war wohl das erste Mal in meinem Leben, dass ich darauf achtete, und da lief ich hocherfreut hinüber, wo alle beim Essen saßen, um es ihnen zu zeigen, und alle unterhielten sich und lachten, aber als sie mich sahen, herrschte mit einem Schlag Grabesstille.

Da stand Tante Bruna auf, brachte mich ins Bad zurück und duschte mir kaltes Wasser drauf, bis es wieder normal war. Dann trocknete sie mich ab und brachte mich wieder zu Tisch und die Unterhaltung wurde allseits wieder aufgenommen.

Dieses Ereignis war mir vor fünf oder sechs Jahren wieder eingefallen. Als ich dann einmal zu Tante Bruna gegangen war, hatte ich sie gefragt, ob sie sich noch an diese Geschichte erinnere, und dass auch Onkel Santo und Tante Fila da waren, und sie mir draufgeduscht hatte, und dass es fast dreißig Jahre her war, und Tante Bruna sagte, sie könne sich überhaupt nicht daran erinnern, und ich erzählte ihr beharrlich noch einmal alles, aber sie sagte, es komme ihr wirklich nichts in den Sinn.

Der Emanuelsgraben

Macht man oben im Gebirge einen Gang zum Poggiolino, so heißt eine kleine Kirche auf einer Kuppe des Höhenzugs in Richtung Baigno, und geht man auf einer Straße, die an einigen Feldern entlangführt, aber die meiste Zeit durch Wälder, so begegnet man auf einmal mitten auf der Straße einem etwas weißlicheren und trockenen Schatten, den man seit eh und je den Emanuelsgraben nennt, und immer wenn ich von Kind an mit meiner Mutter oder meinem Großvater hierher kam, sah man auf einmal diesen Streifen, der die Straße kreuzte und mitunter ungefähr zehn Zentimeter breit von Wasser bedeckt war, aber häufiger war es nur dieser weißlichere Schatten zwischen den Steinen der Straße, doch jedes Mal, wenn wir vorbeikamen, sagte meine Mutter zu mir, das sei der Emanuelsgraben. Und beim Anblick des Emanuelsgrabens hätte sich jeder gefragt, warum dieses Ding ein Graben genannt wurde und warum es alle den Emanuelsgraben nannten. Aber einmal, schon mehrere Jahre später, waren Sergio, ein Freund von mir, und ich, beide zwölf Jahre alt, mit meiner Schwester und dem Bruder von Sergio, Dino und Stella und einigen anderen Kleineren, der Kleinste war fünf, von zu Hause weggegangen, obwohl es nieselte, es war in den Osterferien, und wir hatten uns mit der Ausrede, Pilze zu suchen, in Richtung Poggiolino aufgemacht, dann waren wir kurz vor dem Poggiolino den Steilhang hinuntergestiegen und, um zu sehen, ob wir nicht endlich ein paar Pilze fänden, ins Dickicht eingedrungen, aber in Wirklichkeit eher, um dort herumzustrolchen, doch auf einmal regnete es immer stärker und es wurde auch allmählich kälter, da beschlossen Sergio und ich, weil wir ja die Größten waren und somit die Bosse spielten, dass wir umkehren sollten. Doch so mitten im Dickicht wussten wir gar nicht genau, wo wir uns befanden. So hatten wir begonnen, bergauf zu gehen, wobei wir die Nase in Richtung Guzzano hielten, und als es immer noch stärker weiterregnete, auch Blitze zu sehen waren, standen wir auf einmal vor einer großen Wassermasse von etwa vier Meter Breite und vielleicht einem Meter Tiefe, die mit einer starken Strömung abwärts floss und die wir mit den kleineren Kindern nicht überqueren konnten, und wir waren dann ein Stückchen abwärts gegangen, und dann wieder ein Stückchen aufwärts und eine halbe Stunde später versuchten wir immer noch herauszufinden, wie wir dieses Wasser überqueren sollten. In dem Moment kriegten wir auch Angst, weil einige zu weinen angefangen hatten. Aber dann, nachdem wir noch eine Stunde lang durch den Wald hochgestiegen waren, schafften wir es schließlich, die Straße wiederzufinden. Und so wurde uns klar, als wir dann von der Straße aus hinkamen, dass dieses Wasser, das weiter unten mitten durch den Wald floss, so stark, dass man es nicht überqueren konnte, der berühmte Emanuelsgraben war, der bei Trockenheit verschwand, aber bei Regen furchterregend wurde.

Tante Nina

Tante Nina erzählte mir immer, ihre Großmutter habe drei Kinder zur Welt gebracht, aber nur die ersten zwei seien am Leben geblieben. Das dritte nämlich war, kaum dass es geboren war, schon ein Achtzigjähriger, denn sein Gesicht war von Falten durchfurcht und vollkommen verrunzelt wie bei einem gebrechlichen Alten. Und die Haut hing leer um seine Ärmchen wie bei einem alten Mann. Als ihn seine Mutter ansah, wurde ihr schwer ums Herz.

Das Kind war elf Tage auf der Welt, dann starb es, denn obwohl es nur elf Tage alt war, war es andererseits mehr als achtzig Jahre alt. Da es sich um ein Kind handelte, hätte man es in einen weißen Sarg legen müssen, aber es war im Krieg und ein weißer Sarg war nicht aufzutreiben, also legten sie es in einen dunklen Sarg, was gleichfalls richtig war, denn obwohl es nur elf Tage alt war, war es andererseits mehr als achtzig Jahre alt.

Von dieser Erfahrung hat sich die Mutter nie mehr ganz erholt und sie ging sehr viel spazieren.

In Russland

Es ist schon einige Jahre her, da war in Guzzano immer ein Fest am dritten Samstag im Juli, und ich saß morgens eine Stunde auf der Bank vor dem Haus und las die Zeitung und ebenso zwei von meinen Freunden, bevor wir die Kellner für das Fest machten. An einem dieser dritten Samstage im Juli, so kann ich mich erinnern, war in Russland gerade der Kommunismus zu Ende gegangen, und wir lasen in einer Zeitung, die vielleicht die *Unità* gewesen sein mag, folgende Nachricht unter Vermischtes: In Russland ist ein Stamm sibirischer Eingeborener wieder aufgetaucht, der seit der kommunistischen Revolution verschwunden war, und dieser Stamm von Eingeborenen, der aus etwa neunzig Menschen bestand, war während des ganzen Kommunismus versteckt gewesen und keiner von ihnen hatte je mit den anderen Russen gesprochen und hatte sich nie vor anderen Russen sehen lassen, sodass sie für die sowjetischen Anthropologen als eine ausgestorbene Bevölkerung galten. Dann war wie durch ein Wunder, kaum dass das kommunistische Regime zu Ende war, der ganze Stamm wieder aufgetaucht, und mit einem Schlag begriff man, dass sie nie ausgestorben waren. Sie waren nur alle in ihrem Versteck geblieben.

In dieser Falte des Gehirns

Als Tante Maria anfing, sich dem Tod zu nähern, so um die achtundneunzigeinhalb Jahre, führte sie tagsüber noch ein ziemlich normales Leben, auch wenn sie ein bisschen geistesabwesend war, weil sie schon seit Jahren immer schlechter sah, sie sagte, auch wenn sie den Fernseher anmachte, sehe sie nur Schatten, außerdem hörte sie schlecht, obwohl sie einen Hörapparat verwendete, und doch führte sie tagsüber ihr normales Leben, wenn auch ein bisschen geschwächt, aber bei Nacht, so sagte Tante Bruna, die ihr oft zuhörte, redete Tante Maria mit ihrem Bruder Teodoro, ihrem Lieblingsbruder, der schon seit ungefähr sechzig Jahren tot war, und Tante Bruna sagte, zuerst höre sie, wie Tante Maria »Teodoro, Teodoro« rufe, und nach einer Weile war es klar, dass sie miteinander redeten, sogar lange Reden führten, und Tante Maria fragte ihn einiges und dann erzählte sie ihm einiges andere, und es war klar, dass sie miteinander sprachen, auch wenn selbstverständlich nur Tante Marias Stimme zu hören war.

Tags darauf am Nachmittag kam Tante Bruna immer zu meiner Mutter und erzählte ihr diese Dinge, und auch wenn keine der beiden an ein Jenseits glaubte, waren sie doch beide sehr beeindruckt von den nächtlichen Gesprächen zwischen Tante Maria und ihrem Bruder Teodoro, und auch ich hörte ihnen beim Reden zu, und auch ich habe nie an irgendein Fortdauern der Seele nach dem Tod geglaubt, aber wenn ich diesen Berichten von Tante Bruna zuhörte, dachte ich, wir haben alle das Jenseits in unserem Kopf begraben, und ich dachte, dass meine Tante, die jetzt schon so von der

Welt losgelöst war, dank der Umnebelung ihrer Sinne endlich bei diesem Jenseits in ihrem Kopf angelangt war, wo sie
über so viele Dinge mit ihrem Bruder sprechen konnte, der
sechzig Jahre in dieser Falte ihres Gehirns verborgen geblieben war.

Obwohl wir alle sehr traurig waren

Als Tante Maria starb, wollten wir sie, obwohl wir alle sehr traurig waren, so lange wie möglich im Haus behalten, auch weil noch verschiedene Verwandte aus Mailand, Turin und Brescia kommen sollten, alle wie wir ihre Neffen und Nichten; und außerdem war meine Tante um zwei Uhr gestorben, während ich unterwegs war, und ich war erst um sechs angekommen, und während ich aus dem Fahrstuhl stieg, erwischte mich meine Mutter sofort auf dem Treppenabsatz und mir war auf der Stelle klar, dass Tante Maria gestorben war, bevor es mir meine Mutter sagte, und jedenfalls wollte ich dann sofort in ihr Zimmer gehen, um sie zu sehen, und mir kamen die Tränen und ich blieb ein wenig allein bei ihr, dann ging ich ins Wohnzimmer zurück, wo meine Mutter mit Tante Bruna und meiner Schwester war, und auf einmal, es wird ungefähr achtzehn Uhr dreißig gewesen sein, klingelte es und da war schon, ich meine fast, der städtische Arzt, der den Tod meiner Tante wegen Altersschwäche bestätigen musste, und dann auch andere städtische Angestellte, die uns fragten, wann wir sie beerdigen und wie lange wir sie im Haus behalten wollten, da sagten meine Mutter und Tante Bruna, wir wollten sie so lange wie möglich behalten, und da Winter war, hieß für die städtischen Angestellten so lange wie möglich drei Tage, so sagten diese Angestellten, sie würden sie uns noch drei Tage hier lassen, aber man müsse sie in eine geeignete Vorrichtung legen, damit sie nicht verderbe, und dass wir sehr viel Glück hätten, denn sie hätten die geeignete Vorrichtung, welche die Sadt gerade angeschafft hatte, und die sei außerordentlich. Darauf brachten sie uns ein

Riesending ins Haus, das sie nur mit Mühe durch die Wohnungstür bugsieren konnten, man musste auch noch den anderen Flügel der Tür aufmachen; sie verschwanden darauf im Zimmer meiner Tante, um sie herzurichten, und dann riefen sie uns, weil alles fertig war, und wir waren alle verzagt, denn seit zwanzig Jahren war niemand mehr bei uns gestorben, somit kannten wir die neuen Gebräuche der Stadt mit den Toten noch nicht, aber wirklich am schönsten war diese Vorrichtung zur Konservierung unserer Tante, ein Kühlschrank aus Stahl wie die Stahlschränke, die in manchen Lokalen zur Aufbewahrung des Nachtischs verwendet werden, genau in derselben Farbe und mit derselben Technologie, nur dass er die Form eines Sarges hatte und oben drüber einen durchsichtigen Teil aus Plexiglas, durch den man die Tante ansehen konnte, man konnte ihn auch wegnehmen oder wie ein Türchen aufmachen, wenn man die Tante berühren wollte. Nur ist das Erste, was einen beeindruckt, wenn man einen Toten berührt, dass die Toten kalt werden, und dass diese Vorrichtung, die ja ein Kühlschrank war, sie noch kälter werden ließ. Aber nach dem ersten Augenblick, in dem wir alle sprachlos waren und mein Vater gesagt hatte, er werde sofort einen Brief an die Zeitungen schreiben, um diesen Kühlschrank in den Augen der Bevölkerung madig zu machen, auch wenn wir zuvor alle tieftraurig waren, stand hin und wieder einer auf, um sich die Tante anzusehen, wie sie in ihrem Zimmer in der Kühltruhe lag, und wenn er wieder zurückkam, musste er lachen, und auch die Mailänder und Turiner Verwandten waren alle mit Tränen in den Augen angekommen, als wir ihnen aber dann unsere Tante in der Kühltruhe zeigten, weinten sie zuerst noch ein paar Minuten, aber dann mussten auch sie lachen. Tatsächlich hatte diese Kühltruhe den ganzen Schmerz verdorben, den man genossen hätte, wenn man die Tante ohne die Kühltruhe ansah und anfasste, denn nach drei Minuten mussten alle lachen, und die Turiner sagten, in Turin gebe es so was noch nicht, und die Mailänder sagten, auch in Mailand gebe es so was noch nicht, und wir seien eben dank der roten Stadtverwaltungen immer einen Schritt voraus. Am Tag der Beerdigung wurde unsere Tante dann von der Kühltruhe in einen normalen Sarg umgefüllt, der Kühlsarkophag wurde abtransportiert, und unsere Tante wurde in Pievepelago beerdigt.

Schuttberge

Meine Philosophielehrerin, mit der ich immer noch oft telefoniere, hat mir mehrmals erzählt, sie sei vor dem Ende des Krieges geboren und habe in ihren ersten Lebensjahren in Pisa gewohnt, wo sie die Zeit zum großen Teil mit ihrem Bruder und einem Cousin, der älter war als sie, und der ganzen Bande ihrer Freunde, fast lauter Jungen, auf der Straße verbrachte.

Sie erinnert sich noch an diese Jahre als eine sehr glückliche Zeit. Einen großen Teil des Tages waren sie außer Haus, unterwegs in den Straßen zwischen den verschiedenen Häuserblocks der Stadtmitte, und da Pisa ganz in der Nähe des Militärflughafens lag, war es während des Krieges von Engländern und Amerikanern so gnadenlos bombardiert worden, dass überall, wohin man ging, Schuttberge waren, die aus den Trümmern der zerstörten Häuser aufgehäuft worden waren. In jedem Häuserviereck gab es mindestens einen oder zwei Berge aus großen und kleineren Steinen, Balken, Dachziegeln und ähnlichem ganzem oder zertrümmertem Zeug. Sie verbrachten ihre ganze Zeit auf diesen Schuttbergen, wo sie sich unterhielten oder diejenigen, die unten vorbeigingen, egal ob es Erwachsene oder Kinder waren, mit kleinen Steinchen bewarfen und sich dann versteckten oder davonliefen, und sie hatten viel Spaß dabei. Und auf jeden Fall atmete man überall eine hoffnungsvolle Luft und hatte das Gefühl, dass jetzt alles neu anfing und immer besser werde.

1952 hatte ihr Vater die Arbeit gewechselt, und sie waren nach Lucca umgezogen, aber Lucca gehörte zu den vielen

Städten, die kaum bombardiert worden waren, und es gab nirgends einen Schuttberg weit und breit, und in dem Moment merkte meine Philosophielehrerin, dass es nicht für alle Städte normal war, solche Schuttberge zu haben, die ihr so gut gefielen, denn sie glaubte, weil sie mit ihnen aufgewachsen war, zu einer Stadt gehörten normalerweise Alleen, Parks und alle zehn Häuser ein Schuttberg, wohin alle Kinder spielen gingen.

Bis hundert lebt sich's wirklich gut

Eine deutsche Freundin hat mir erzählt, eine deutsche Freundin von ihr hat eine Oma, die hundertsieben Jahre alt ist und noch am Leben, und die Freundin geht sie oft besuchen, und sie hat ihr erzählt, dass vor Kurzem einmal, als sie ihre Oma fragte »Oma, wie geht's?«, die Oma ihr geantwortet hat, bis hundert lebt sich's wirklich gut, aber dann geht's bergab und das Leben freut einen nicht mehr. Morgens aufstehen ist eine Mühe, alles tut dir weh, die Beine fürchterlich weh. Nachts ist von Schlafen keine Rede. Auch das Essen ist nicht mehr gut, selbst was dir früher geschmeckt hat, widert dich an, weil es nach nichts mehr schmeckt. Man sieht nicht mehr gut und man hört nicht mehr gut. Den ganzen Tag weiß man außerdem nicht, was man tun soll. Und dann sagte sie noch »Zum Glück wird's nachmittags ein wenig besser, da kommt nämlich immer der Opa aus dem Schrank und wir plaudern miteinander«.

Giorgio Cornia

Mein Vater hieß Giorgio Cornia und hatte immer einen Namensvetter, der ebenfalls Giorgio Cornia hieß. Sie waren auch gleich alt. Zudem hatten sie jeder mit anderem Ziel und in verschiedenen Klassen zwei verschiedene Schulen besucht, die aber in demselben Gebäude untergebracht waren. Es war nämlich in diesem Schulgebäude, wo beide erfuhren, dass jeder von ihnen einen Namensvetter hatte, und sie sich kennenlernten, wobei sie unter anderem entdeckten, dass sie nicht im Geringsten miteinander verwandt waren.

Dann vergingen die Jahre und mein Vater heiratete. Während der andere Giorgio Cornia das Telefon auf seinen eigenen Namen eintragen ließ, hatte mein Vater das Telefon immer auf den Namen meiner Mutter eingetragen, wenn also jemand meinen Vater anrufen wollte, musste er das wissen und die Telefonnummer unter Francesca Bacchetti suchen und nicht unter Giorgio Cornia. Und da mein Vater verschiedenen Tätigkeiten nachging, rief der andere Giorgio Cornia hin und wieder bei uns an, um zu sagen, er hätte einen Anruf oder einen Brief bekommen, die seiner Meinung nach für meinen Vater seien, unter anderem rief er meistens an, wenn mein Vater nicht zu Hause war, weshalb meine Mutter antwortete, und wenn mein Vater nach Hause kam, sagte ihm meine Mutter sofort, er solle sofort den anderen Giorgio Cornia anrufen, der Post für ihn habe oder der ihm von einem berichten müsse, der nach der Meinung des anderen Giorgio Cornia meinen Vater sprechen wollte. Da sagte meine Mutter zu meinem Vater, ob er es nicht für angebracht halte, den Namen im Telefonbuch ändern zu lassen, und mein Vater sagte, ob sie verrückt geworden sei, dann könne doch jeder Idiot an ihn ran, während dem anderen keiner auf den Sack ginge, sowie er merke, dass es der falsche sei.

Später gab mein Vater die Politik und andere öffentliche Tätigkeiten auf und so wurden die Anrufe des anderen Giorgio Cornia immer seltener und verschwanden nach und nach ganz. Da sie keine Freunde waren, sondern nur Namensvettern, verschwand auch der andere Giorgio Cornia.

Und so vergingen viele Jahre.

Aber eines Tages, ich war in Modena und war gegen halb elf aufgestanden und saß mit meinem Milchkaffee am Tisch und rauchte gerade meine erste oder zweite Zigarette, und zu der Zeit ging es meinem Vater schon lange schlecht und er war schon operiert worden. Da klingelte auf einmal das Telefon, und schon während ich aufstand, um zu antworten, sagte ich bei mir, lieber Gott, wer geht einem denn schon so früh am Morgen auf den Sack, dann nahm ich ab und die andere Stimme sagte »Hier Antonio von Guzzano, warum habt ihr uns nicht gesagt, dass Giorgio gestorben ist?« Darauf sagte ich »Der kann gar nicht gestorben sein, meine Schwester ist gerade bei ihm im Krankenhaus« und weiter »Meinst du, meine Schwester sagt mir nicht, wenn mein Vater stirbt?« Und er sagte »Du, dein Vater ist gestern gestorben«. Und ich »Das ist unmöglich, ich war gestern den ganzen Nachmittag bei ihm im Krankenhaus, und er war am Leben, das kannst du mir glauben«. Dann sagte ich »Wer hat dir eigentlich gesagt, dass er gestorben ist?« Und er sagte, es stehe in der Zeitung und er habe sie vor sich liegen in der Bar von Camugnano, die Todesanzeige stehe drin und es heiße Giorgio Cornia, geboren 1939 in Modena. Auch Romano, mit dem er gerade gesprochen habe, sage, dass mein Vater Jahrgang 39 ist, weil Romano Jahrgang 37 ist und weiß, dass mein Vater zwei Jahre jünger ist als er. Da sagte ich »Das ist ein echtes Geheimnis, aber ich schwöre dir, mein Vater ist am Leben, denn wenn er gestoben wäre, dann wüsste ich es doch«. Aber Antonio fragte »An welchem Tag ist denn dein Vater geboren?« Und ich sagte »Am 4. August, am 4. August 1939 in Modena«. Da sagte er »Dann ist dein Vater nicht der Giorgio Cornia, der gestorben ist, denn der ist im Oktober geboren. Dann ist es einer, der genauso heißt«. Und dann legte ich auf, denn ich musste in einer Stunde ins Krankenhaus, um meine Schwester abzulösen, und ich dachte, das ist aber ein Ding, das muss ich meiner Schwester erzählen, und plötzlich fiel mir der Namensvetter meines Vaters ein, und da dachte ich, der wird es wohl sein, und fragte mich, ob ich es meinem Vater erzählen sollte oder nicht.

Dann nahm ich mein Fahrrad, fuhr ins Krankenhaus und begrüßte meinen Vater, der die Zeitung in der Hand hatte und zu mir sagte »Weißt du, dass mein Namensvetter gerade gestorben ist?«

Saponetta

Einmal vor ungefähr fünfzig Jahren war in San Cesario am Panaro ein eiskalter Märzmorgen in einem erst spät gekommenen Winter, es war noch nicht lange so kalt, aber die Kälte wollte nicht mehr aufhören. Es heißt nämlich, dass die Temperatur dann noch vierzig Tage unter Null bleibe. Etwa fünfzehn Landarbeiter mussten die Weinstöcke in einem Weinberg zustutzen, der einen halben Kilometer von San Cesario entfernt lag, unter ihnen war einer, der Saponetta genannt wurde und der seit drei oder vier Tagen keinen Stuhlgang mehr gehabt hatte. Auf einmal sagte Saponetta zu den anderen, er müsse unbedingt so schnell wie möglich kacken gehen, sonst kacke er in die Hose, und die anderen sagten, er solle ein Stück weiter vor gehen, weg von der Straße. Saponetta ging, schiss, kam wieder zurück und freute sich sehr, dass er's geschafft hatte, sich zu entleeren, dann sagte er, so ein Ding habe er in seinem ganzen Leben noch nie gekackt, weder der Größe noch der Länge nach. Da musste einer von den Landarbeitern pinkeln und ging nachsehen, als er wieder zurückkam, sagte er »Lieber Gott! Saponetta, so viel Scheiße auf einmal!« Und so gingen alle, die dort beim Weinstockschneiden waren, der eine früher, der andere später, bevor sie nach Hause gingen, Saponettas Scheiße ansehen. Und als sie mit der Arbeit fertig waren und nach Hause kamen, erzählten sie es ihren Familienangehörigen, die es wieder anderen weitererzählten, und einige Leute gingen heimlich nachsehen, und so verbreitete sich das Gerücht von Saponettas Scheiße. Und da die Temperaturen unter Null noch vierzig Tage lang anhielten, blieb Saponettas Scheiße gut erhalten, denn es war, als würde sie in einer Kühltruhe liegen, und so begann eine Prozession. Es heißt, in den vierzig Tagen ist ganz San Cesario, die einen heimlich, die anderen in Gesellschaft, Saponettas Scheiße ansehen gegangen. Dann wurde es endlich warm, und Saponettas Scheiße löste sich, wie alles, in Wohlgefallen auf und verschwand.

Wir hatten gar nichts gemerkt

Eines Abends gegen halb zehn hatte ich mit zwei Freunden beschlossen, in einer Kneipe ein Bier zu trinken, und wir landeten schließlich in Casinalbo, in einer Kneipe, wo wir schon öfter mal gewesen waren, und als wir reingingen, wollte ich, da ich ein ziemliches Gewohnheitstier bin, mich wie gewöhnlich an einen Tisch links von der Tür setzen, einer meiner Freunde aber, der gern öfter wechselt, sagte, wir sollten uns an einen Tisch auf der rechten Seite setzen. Dann bestellten wir alle ein Bier und nach fünf Minuten hatte jeder sein Bier, und während wir so tranken, kamen auf einmal zwei Typen herein, ein Langer, aber der andere noch viel länger, fast zwei Meter vielleicht, die gingen auf die Kasse zu, um mit dem Kneipenwirt zu sprechen. Wir saßen ganz in der Nähe, weniger als drei Meter entfernt, und schauten den Längeren an, denn er hatte eine komische Kappe auf und hin und wieder schaute er auch uns an. Da wir im Karneval waren, zwischen Gründonnerstag und Faschingsdienstag, dachten wir unter anderem, der sei ein Freund des Wirts und habe eine Party zu Hause und das Bier sei ihm ausgegangen und er sei gekommen, um noch welches zu besorgen. Auf jeden Fall gingen nach fünf Minuten die zwei Langen mit den komischen Kappen zu den Tischen auf der anderen Seite, also links von der Tür, und uns kam es vor, als würden sie einige Leute an zwei verschiedenen Tischen begrüßen, und dann gingen sie ziemlich schnell hinaus.

Eine Viertelstunde später ging einer von uns zur Theke, weil er noch ein Bier wollte, und unterhielt sich ein wenig mit dem Kellner, und als er zurückkam, sagte er uns, es sei ein Überfall gewesen: Der Längere hatte eine Pistole unter dem Pullover und hatte sie mit größter Diskretion dem Kellner gezeigt, der sofort zur Kasse gegangen war und ihm alles gab, was er in der Kasse und in der Tasche hatte, dann waren die zwei Typen auf die andere Seite gegangen und hatten sich Geld und Handys geben lassen, hatten einem zwei Ohrfeigen gegeben und dann waren sie abgezogen. Und da dachten wir daran, dass wir den einen oft angeschaut hatten und auch er uns hin und wieder angeschaut hatte, und wenn wir uns dort hingesetzt hätten, wo ich wollte, hätten sie uns vielleicht Geld, Kreditkarte und Handy abgenommen und uns ein paar geschmiert, und auf jeden Fall hatte einer von meinen Freunden am nächsten Tag die Zeitung gekauft, die von dem Überfall berichtete und ein kurzes Interview mit dem Wirt enthielt, der erzählte, er sei schon öfter ausgeraubt worden und deshalb gegen Diebstahl versichert und so weiter. Aber das Unglaubliche daran war, dass es nach dem Zeitungsartikel so aussah, als hätte es einen großen Krach und ein Durcheinander gegeben, während wir überhaupt nichts gemerkt hatten.

Nannini (1)

Die zwei Schwestern Nannini waren mit meiner Großmutter Olga und meiner Tante Maria von Jugend an befreundet, und im Lauf des Lebens hatten sie in wirklich schweren Zeiten immer ihre Anhänglichkeit und Aufrichtigkeit bewiesen. Außerdem waren sie sehr höflich und wollten nie stören.

Seit eh und je kamen sie am Dreikönigstag zu uns zum Essen und zu Dreikönig gab es bei uns immer Tortellini. Einmal war es wegen irgendeines Zwischenfalls nicht möglich gewesen, Tortellini zu machen, und meine Großmutter sagte »Ihr müsst entschuldigen, wir konnten diesmal keine Tortellini machen, darum gibt es Fleischbrühe mit Quadretti«. Da sagte eine der beiden Signorine Nannini »Ach, das ist ja wunderbar, mir schmecken Quadretti viel besser als Tortellini«. Und dann fingen alle an zu essen.

Daraufhin dachten meine Großmutter und Tante Maria jedes Jahr daran, und wenn die Schwestern Nannini zu Dreikönig zum Essen kamen, wurde für die eine immer Quadretti gemacht, während alle anderen die gewohnte Fleischbrühe mit Tortellini aßen. Und so vergingen ungefähr dreißig Jahre.

Dann vergaß meine Großmutter Olga einmal, die Quadretti für die Nannini zu machen, der die Quadretti besser schmeckten, und als es ihr einfiel, war es schon zu spät, und als die beiden Nannini ankamen, sagte meine Großmutter zu der Nannini mit den Quadretti »Bitte sei mir nicht böse, aber wir haben vergessen, die Quadretti zu machen und es gibt nur Tortellini«.

Da musste sie gestehen, dass ihr die Tortellini viel besser schmeckten und dass sie nur gesagt habe, ihr schmecken die Quadretti besser, um ihren innigstgeliebten Gastgebern keinen Kummer zu machen.

Nannini (2)

Die zwei ledigen Schwestern Nannini hatten, als sie noch jung waren, eine ebenfalls noch ledige Freundin. Da geschah es, dass die Mutter dieser Freundin starb. Daher ging sie jeden Sonntagvormittag auf den Friedhof, um das Grab ihrer Mutter in Ordnung zu halten, sie staubte es ab, brachte ihr Blumen und sorgte für alles. In dem Grab neben ihrer Mutter lag eine andere Dame, und ihr Ehemann, der jetzt Witwer, aber noch ziemlich jung war, versorgte das Grab seiner Frau, ebenfalls am Sonntagvormittag um dieselbe Zeit. Deshalb begegnete diese ledige Freundin immer diesem Herrn, und nachdem sie die Gräber gerichtet hatten, unterhielten sie sich ein wenig und fuhren dann zusammen mit dem Autobus. So ging es mehrere Monate lang: Jeden Sonntagvormittag trafen sie sich mehr oder weniger um dieselbe Zeit, ohne dass sie es ausgemacht hätten, und so weiter. Da setzte sich die Frau in den Kopf, dass dieser Herr sie heiraten wollte, aber er sagte nichts und erklärte sich nicht. Deshalb nahm sie eines Tages ihren ganzen Mut zusammen und sagte zu ihm »Signor Verzini, was für Absichten haben Sie eigentlich?«, und er sagte zu ihr »Seien Sie mir nicht böse, aber was für Absichten soll ich denn haben?« Da sagte sie zu ihm »Weil Sie mich nämlich kompromittieren, wir kommen jeden Sonntag zusammen, die Leute sehen uns, wer weiß, was sie denken«.

Signor Verzini sagte zunächst gar nichts, aber dann ging er zu einer anderen Zeit auf den Friedhof.

Nannini (3)

Die Schwestern Nannini (mit ihrer Idee, zu den Leuten nett zu sein) hatten eine Freundin. Diese Freundin war mit einem jungen Mann verlobt. Da geschieht es auf einmal, dass die zwei sich trennen, und um ihrer Freundin eine Freude zu machen, beginnen die Schwestern Nannini zu sagen: Ach, wir sind froh, dass du den jungen Mann verlassen hast, denn nach unserer Meinung taugte er überhaupt nichts, außerdem passte er nicht zu dir, der hätte dich sicher unglücklich gemacht, du hast wirklich gut daran getan, den zu verlassen. Und jedes Mal, wenn sie sich sahen, setzten sie noch einen drauf und nörgelten immer schlimmer an dem Typen herum. Sie sagten: Außerdem ist er nicht mal ein schöner Mann, und weißt du noch, was für ungehobeltes Zeug er an dem und dem Abend gesagt hat, das war ja, als wäre er bei den Zulukaffern aufgewachsen, und so weiter.

Und was geschah dann? Es geschah, dass sich nach einem Monat die zwei Verlobten wieder aussöhnten und die Schwestern Nannini am Ende ihrer Weisheit waren.

Autostrada del Sole

Die große Autobahn, *Autostrada del Sole*, wurde in ihrer gesamten Länge 1964 dem Verkehr übergeben. Meine Tante und ihr Mann fuhren sie Weihnachten 1964 vollständig ab. Bis dahin hatten sie die einzelnen Teilstrecken befahren. Als erste war Bologna – Florenz fertig. Dann eine andere Teilstrecke, und man kam bis Orvieto, und von da aus war dann nichts mehr.

Bevor die ganze Autobahn fertig war, fuhren meine Tante und ihr Mann die im Bau befindlichen Teilstrecken. Sie schafften es irgendwie hinzukommen, fuhren so zwanzig Kilometer und dann mussten sie mit einem Schlag anhalten, denn die Strecke war zu Ende, und sie wussten nicht mehr, wohin sie fahren sollten. Einmal mussten sie, so erzählt meine Tante, unterhalb von Orvieto einen Mann mit zwei Ochsen rufen, der sie herauszog, denn es war absolut unmöglich, die normale Straße zu erreichen, die weit weg war, und der Mann ließ seine Ochsen das Auto querfeldein ziehen, bis sie dort waren. Ein anderes Mal, noch bevor die Strecke Bologna – Florenz fertig war, kamen sie am Abend aus Rom, verfuhren sich unterhalb von Vado, es war dunkel, eine Beleuchtung gab es nicht, sie hatten das Gefühl, mitten in einer grenzenlosen Öde gelandet zu sein, und plötzlich endete die Autobahnstrecke im Flussbett des Setta. Da blieben sie ein wenig im Auto sitzen, neben dem schmalen Flusslauf des Setta, und überlegten, was sie tun sollten, dann schafften sie es, sich aus der Klemme zu ziehen. Die im Bau befindlichen Teilstrecken fuhren sie auf eigene Gefahr, denn man durfte es eigentlich nicht. Aber sonst wäre die Reise wirklich un-

endlich gewesen. Meine Tante sagte immer »Es waren un-
endliche Reisen. Sehr schön, denn man fuhr über die Via
Cassia, die Hügel bis Radicofani, was damals alles sehr schön
war. Dann fuhr man hinunter und durch das ganze Orcia-
Tal bis San Quirico d'Orcia, dann kam man endlich nach
Siena. Sehr schöne Reisen, aber unendlich«.

Es lebe der Herr Abgeordnete

Der Mann von Tante Bruna wurde auf ein Jahr nach L'Aquila versetzt. Sie fuhren damals von Modena nach L'Aquila, der Zug ging bis Orte, da musste man in eine Eisenbahnlinie umsteigen, die bis Terni ging, in Terni nahm man dann einen kleinen Zug, der über Rieti fuhr und von da aus hinauf bis L'Aquila. Auch das war eine Reise, die nicht enden wollte, denn der Zug hielt in jedem kleinen Dorf: In einem Dorf gab es beispielsweise sehr gutes Wasser in einem berühmten Brunnen in der Nähe des Bahnhofs, der Zug hielt, alle Reisenden stiegen aus, um zu trinken, manche füllten sich auch einige Flaschen voll und der Zug blieb über zwanzig Minuten stehen; in einem anderen Dorf, auch dies nur ein Beispiel, kam die Frau des Bahnhofsvorstands heraus und unterhielt sich mit dem Zugführer; an einem anderen verkauften die Bauern Pfirsiche oder anderes Obst, je nach Jahreszeit. Dann kamen zwei Bahnhöfe, wo sie Schafskäse und andere Milchprodukte verkauften. Man kam immer mit mehreren Stunden Verspätung in L'Aquila an. Und meine Tante erinnert sich noch an Sella di Corno, ein ziemlich hochgelegenes Dorf, wo an einer großen Mauer zu lesen war: Hoch lebe der Abgeordnete Soundso und das elektrische Licht, das er uns gegeben hat. Das war 1958.

Der Sarg

Vor den zwanziger Jahren verkehrten Großmutter und Tante Maria mit einem jungen Mann aus Pievepelago, der ihr Freund war und in Modena studierte. Seine Familie war aus dem Gebirge, aber er wohnte in Modena, weil er an der Universität studierte.

Eines Tages wird er verständigt, er soll sofort nach Pievepelago kommen, weil sein Vater schwer erkrankt sei. Da denkt er »Wenn er schwer krank ist, kann er sterben, und dann muss ich wieder nach Modena hinunterfahren, um einen Sarg zu kaufen, dann ist es wohl das Beste, ich kaufe gleich einen«. Darauf kauft er den Sarg und fährt nach Hause. Aber als er in Pievepelago ankommt, geht es dem Vater besser und er, der Arme, weiß nicht wohin mit dem Sarg, denn wenn ihn der Vater gesehen hätte, wäre er betroffen gewesen. Und da musste er den Sarg an verschiedene Orte bringen, bald dahin, bald dorthin, er dachte ihn seinem Cousin zu geben, aber wusste doch nicht, ob es richtig sei, dass die Verwandten damit zu tun bekämen, und zuletzt fand er einen Freund und sie versteckten den Sarg auf dessen Heuboden.

Zwei Monate später verschlimmerte sich der Zustand des Vaters wieder und er starb und der Sohn konnte den Sarg verwenden.

Regnet es noch?

Während des Krieges, es könnte so um 1943 gewesen sein, als es unglaubliche Schwierigkeiten mit dem Transport und nur wenige Verkehrsmittel gab, reisten die Leute sogar auf dem Dach der Omnibusse sitzend, und meine Tante erinnert sich, folgende Nachricht in der Zeitung gelesen zu haben. Eines Abends fährt aus der Garage des Unternehmens Macchia, welche die Strecke in Richtung Pievepelago und ins Gebirge versorgte, ein Omnibus ab. Einer möchte den Omnibus nehmen, aber das Innere ist voll besetzt, und da steigt er aufs Dach. Der Bus fährt ab und er ist auf dem Dach, aber nach einer Weile fängt es an zu regnen. Auf das Dach hatte man auch einen Sarg geladen, der wohl für jemanden bestimmt, aber jetzt leer war. Was denkt der Typ da? Er denkt »Da lege ich mich hinein, es regnet ja, so werde ich nicht nass«. Er legt sich also in den Sarg, schließt ihn, lässt aber einen kleinen Spalt offen für die Luft, und der Schlaf übermannt ihn und er schläft ein. An den verschiedenen Haltestellen steigen andere zu, die sich auch auf das Dach des Omnibusses setzen. Auf einmal wacht der im Sarg Liegende auf, er hat es leid, in dieser Körperhaltung zu bleiben, hebt den Sargdeckel und sagt »Regnet es noch?« Die anderen, die auf dem Dach des Omnibusses saßen, sprangen vor Schrecken vom noch fahrenden Omnibus hinunter, einer kam ums Leben und andere waren schwer verletzt.

Der Brei

Noch eine Geschichte, die meine Tante in ihrer Jugend in der Zeitung gelesen hatte. Ein Bauer aus der Gegend um Modena verkauft Vieh und nimmt viel Geld ein, will aber nicht, dass es seine Söhne erfahren. Da gedenkt er das ganze Geld, das er verdient hat, in einem Glasballon im Keller zu verstecken. Er legt das Geld in den Glasballon und den stellt er weg von den anderen in einen Winkel.

Die Zeit vergeht und eines Tages müssen die Söhne in den Keller, um den Wein aus den Fässern in die Glasballone umzufüllen. Sie machen sich an die Arbeit und füllen alle Glasballone mit Wein. Wieder nach einer Weile fällt dem Vater ein, nachzusehen, was sein Geld macht, er geht hinunter und sieht den Glasballon nicht mehr, in den er das Geld gelegt hat. Da wird er unruhig, ruft die Söhne und fragt sie, was aus dem Glasballon geworden ist, der nicht bei den anderen gestanden hatte. Die Söhne sagen, sie haben ihn mit Wein vollgefüllt. Da rannte der Vater in den Keller und sah, dass alle Geldscheine aufgeweicht waren und als Brei herumschwammen.

Da versuchte er die aus dem Brei gezogenen Geldscheine zu retten und zu trocknen, dann ging er in die *Banca d'Italia*, um zu sehen, ob sie ihm die Scheine austauschen konnten, aber in der *Banca d'Italia* sagte man ihm, man könne nichts machen, denn bei keinem Schein sei mehr die Nummer lesbar.

Mein letztes Mal im Schwimmbad

Einmal, es dürfte mindestens vor dreizehn Jahren gewesen sein, gehe ich mit Gianni Pecchini ins Schwimmbad (ich muss sagen, dass ich Schwimmbäder nie gemocht habe, ich ging immer lieber in den Panaro baden, denn wenn man Lust hat, geht man ins Wasser, wenn man dann wieder rausgeht, spaziert man am Flussbett auf und ab, und während man so unterwegs ist, begegnet man allen möglichen Sorten von Flussliebhabern), aber jedenfalls gehen wir an dem Tag in das Schwimmbad in der Via Pergolesi, gehen sofort eine halbe Stunde ins Wasser und legen uns dann zum Trocknen auf den Rasen. Nachdem wir eine halbe Stunde auf der Wiese in der Sonne gelegen hatten, und weil es mir schon immer auf die Nerven gegangen ist, in der Sonne zu liegen, und ich nicht verstehe, wie die Leute stundenlang in der Sonne liegen können, ohne was zu tun, ging ich, während Gianni noch liegen blieb, wieder zum Schwimmbecken, setzte mich an den Rand und ließ die Füße ins Wasser hängen. Im ganzen Becken war nur ein einziger Mensch, zehn Meter weiter drüben, ein dilettantischer Brustschwimmer, der nicht mal den Kopf ins Wasser steckte, da bekam ich auf einmal Lust, wieder ins Wasser zu gehen, und ich ließ mich von dem Platz, wo ich saß, ins Becken gleiten.

Als ich eine Minute im Wasser war, kam einer daher, auch in der Badehose, stellte sich auf die Stufen und sagte zu mir »He du, komm mal her!« Da schwamm ich zu den Stufen, dann sagte er zu mir »Geh die Stufen hoch!«, und ich bin normalerweise gutmütig und wusste nicht, was der Typ wollte, also ging ich die Stufen hoch, und als ich oben war,

sagte er »Jetzt gehst du über die Stufen wieder ins Wasser!«
Ich ging über die Stufen wieder ins Wasser, und dann, sowie
ich im Wasser war, ging der Typ weg. Ich blieb noch eine
Viertelstunde im Wasser und schwamm, dann ging ich wieder zu Gianni auf den Rasen. Aber als ich mich dann mit
Gianni unterhielt, kam mir ab und zu der Typ in den Sinn,
der mich zuerst aufgefordert hatte, ich solle über die Stufen
hochkommen und dann wieder über die Stufen hinunterge-
hen, und ich konnte nicht verstehen, wer das war und was
er wollte. Dann merkte ich, dass der, den ich für einen Geis-
tesgestörten gehalten hatte, den jemand ins Bad mitgenommen hatte, damit er auch seine Freude hätte, der Bademeis-
ter war und dass auf einem Schild stand, es sei verboten,
vom Rand des Beckens aus ins Wasser zu gehen, es sei vor-
geschrieben, immer die Stufen zu benutzen.

Das war das letzte Mal, dass ich in ein Schwimmbad ging.

Sehr fromm

Die Tante des Mannes meiner Cousine war sehr fromm und viele Jahre lang, mindestens zwanzig, fuhr sie jedes Jahr nach Lourdes. Bevor sie wieder zurückfuhr, kaufte sie zwei Kanister zu je fünf Liter Lourdes-Wasser, damit auch ihre Familie der Segnungen dieses Wunderwassers teilhaftig würde.

Doch auf einmal wurde es ihrem Mann sehr übel, er ging zum Arzt, die Diagnose lautete Krebs, und im Lauf von zehn Tagen war er tot. Kurz darauf begann die Tochter Zeichen von Schwachsinn zu zeigen und wurde nach und nach wahnsinnig. Dann traf sie selber der Schlag und sie blieb vollkommen gelähmt, sodass ihre Angehörigen sie in ein Altersheim bringen mussten, wo sie die notwendige tägliche Pflege erhielt. Wenn der Mann meiner Cousine sie am Sonntagvormittag im Altersheim besuchte, sagte sie oft kein Wort.

Und Tante Ester, die Mutter meiner Cousine, die von Jugend an nie gläubig gewesen war, sagte, wenn sie an diese Geschichte dachte, verstehe sie nicht, wie die Leute glauben könnten, die Muttergottes bewirkt ein Wunder für einen, nur weil er an einen bestimmten Ort geht, und für einen anderen nicht, der nicht an diesen Ort gegangen ist, denn meine Tante erinnerte sich, dass sie schon als junges Mädchen gedacht hatte: Nehmen wir an, ein Herr wohnt hundert Kilometer von einem bestimmten Ort entfernt, und nehmen wir an, es ist ihm absolut unmöglich, dorthin zu gehen, warum sollte die Muttergottes für die anderen Wunder wirken und für diesen Herrn nicht.

Als mir die Friedhöfe gefielen

Zu der Zeit, mit fünfzehn oder sechzehn Jahren, als mir die Friedhöfe und die Friedhofsgeschichten gefielen, redete ich einmal mit Sandro Magni, und er erzählte mir: Um 1930 war in Magreta einer mit drei Freunden in der Nacht unterwegs, und da an dem Tag einer gestorben war, der noch in der Friedhofskapelle lag und am nächsten Tag beerdigt werden sollte, schlossen die vier eine Wette ab, und der eine sagte, er gehe allein in die Kapelle, wo der Tote lag, berühre den Toten und komme dann wieder zurück, und als Beweis, dass er bei dem Toten gewesen sei, würde er sein Messer in das Brett schlagen, an das der Sarg gelehnt war. Dann gingen sie bis vor den Friedhof und er sagte, sie sollten fünf Minuten warten, dann öffnete er das Tor und ging hinein. Aber danach kam er nicht mehr heraus. Und sie warteten, aber nach einer halben Stunde und dann nach einer Stunde war der andere noch nicht wieder herausgekommen. Da beschlossen sie, sie wollten warten, bis es hell wurde, und dann nachsehen. Als das Tageslicht kam, gingen sie hinein in Richtung Kapelle und fanden ihn am Boden liegen, mausetot, sein Haar war schlohweiß geworden und er hatte die Augen offen. Dann merkten sie, dass er beim Einschlagen des Messers einen Zipfel seines Umhangs erwischt hatte, und als er sich umdrehte, nachdem er neben dem Toten das Messer eingeschlagen hatte, war er überzeugt, dass der Tote an ihm zerrte, und starb vor Schreck.

Diese Geschichte war mir sehr eigenartig und sehr schön erschienen und einmal, ich glaube im Jahr darauf, erzählte ich sie einem Freund in Guzzano, und dieser Freund erzählte mir, dasselbe sei auch in Guzzano passiert. Man hatte nämlich Rigo di Mugone aufgefunden, der vor Angst gestorben war, ebenfalls mit schlohweißem Haar und offenen Augen, und er hatte ebenfalls seinen Umhang mit dem Messer erwischt und lag neben dem Toten, der am nächsten Tag beerdigt werden sollte, in der kleinen Friedhofskapelle. Da wusste ich nicht mehr, was ich denken sollte.

Die sieben Freitage

Tante Bruna war schon als junges Mädchen ungläubig, und im Gegensatz zu meiner Mutter und Tante Luisa, die sehr christlich waren und abgesehen davon, dass sie immer in die Messe gingen, auch zwei Nachmittage in der Woche bei der *Azione Cattolica* verbrachten, ging Tante Bruna nur am Sonntagvormittag in die Messe, weil es zu ihrer Zeit undenkbar war, nicht hinzugehen, aber sonst machte sie gar nichts, weil sie an viele Dinge nicht glauben konnte.

Dann aber heiratete sie einen namens Renato, der stammte aus Bassano di Sutri und war sehr fromm und hielt sich an alle Gebote der katholischen Kirche, denn er war während seiner ganzen Schulzeit bei den Salesianern im Internat gewesen. Dieser Onkel Renato, Beamter am Ministerium für Industrie, Handel und Handwerk, war an die Handelskammer von Modena geschickt worden, so hatte er in Modena meine Tante kennengelernt und sie hatten geheiratet. Und da er so fromm war, aber auf gänzlich aufrichtige Weise, begleitete ihn meine Tante jeden Sonntag in die Messe, um ihm keinen Kummer zu machen.

Dann geschah etwas, das ihn von Grund auf an seinem Glauben zweifeln ließ. Eines Tages schlug er die Zeitung auf und las, dass ein Freund von ihm, Studienkollege bei den Salesianern wie er und genauso fromm, bei einem Autounfall in Modena an der Sant' Ambrogio-Brücke ums Leben gekommen sei. Der Unfall war am selben Tag gegen fünf Uhr früh passiert. Diese Tatsache war die Ursache für Onkel Renatos Zweifel, denn während seiner Internatszeit hatte er mit dem Freund, der bei dem Unfall ums Leben gekommen war, eine damals häufig praktizierte religiöse Übung ganz durchgehalten, welche »die sieben ersten Freitage des Monats« hieß. Diese Andachtsübung ging auf den Rat einer Heiligen namens Margherita Maria Alacoque zurück und bestand darin, dass man sieben Monate hintereinander jeden ersten Freitag des Monats die Kommunion empfangen musste, wer diese Übung bis zum Ende durchhielt, der bekam die Garantie, er werde unmittelbar vor seinem Tod die Gelegenheit zu beichten haben und somit direkt in den Himmel kommen. Der Mann meiner Tante wurde deswegen von Zweifeln gequält, weil dieser sein Internatsfreund um fünf Uhr früh bei dem Unfall gestorben war, während er aufgrund der durchgeführten sieben ersten Freitage die Möglichkeit hätte haben müssen, bevor er mit dem Auto bei der Sant' Ambrogio-Brücke verunglückte, zu beichten und direkt in den Himmel zu kommen, aber, so sagte Onkel Renato, da er um fünf Uhr früh bei einer Brücke auf dem Land ums Leben gekommen war, hatte er bestimmt nicht die Möglichkeit gehabt, zu beichten und somit auch nicht direkt in den Himmel zu kommen.

Das hatte ihn wirklich verwirrt. Meine Tante tröstete ihn und sagte »Aber wer sagt dir denn, dass er nicht am Vorabend zur Beichte gegangen war und dann ins Bett zum Schlafen, ohne eine Sünde zu begehen, und somit, als er ins Auto stieg, noch vollkommen sündenfrei war«. Aber Onkel Renato dachte noch lange über diese Episode nach, eben wegen der Aufrichtigkeit seines Glaubens, und er konnte das Problem nie ganz lösen.

Notar Bacchetti

Mein Urgroßvater Francesco Bacchetti war Notar in Porretta Terme und hatte auch die umliegenden Gemeinden mit zu versorgen. Eines Tages musste er sich nach Granaglione begeben, weil ein alter Mann eine Urkunde aufsetzen sollte. Da nahm er sein Pferd und ritt nach Granaglione. Als er dort ankam und das Haus gefunden hatte, saß dieser alte Mann am Feuer mit einer Decke um die Schultern und sah krank aus. Da sagte mein Urgroßvater zu ihm »Was habt Ihr denn? Was ist Euch zugestoßen?« Und die Tochter antwortete »Wissen Sie, Herr Doktor, da Sie kommen sollten, haben wir ihn überredet, sich das Gesicht zu waschen, aus Respekt, er hatte sich nämlich zwölf Jahre nicht mehr gewaschen, und darum ist ihm jetzt schlecht geworden«.

Comizio Agrario

Tante Maria erzählte immer, dass sie gleich nach dem Ab-
schluss der Handelsschule als Buchhalterin beim *Comizio
Agrario* angestellt wurde, das eines der verschiedenen Ämter
zur Entwicklung der Landwirtschaft war. Es gab, so sagte sie,
um ein Beispiel zu nennen, auch den Fliegenden Lehrstuhl
für Landwirtschaft, ein Amt, dessen Leute auf dem Land
herumfuhren und an verschiedenen Orten Unterricht in
Landwirtschaft erteilten. Das Amt des *Comizio Agrario*, bei
dem meine Tante arbeitete, bestand aus einem Direktor,
zwei Angestellten, meiner Tante und ihrer Kollegin, einem
Portier, einem Boten und einem Lastenträger. Meine Tante,
es war im Jahr 1913, bekam ein Gehalt von fünfundzwanzig
Lire im Monat, was auch damals ein sehr bescheidenes Gehalt war. Aber wenn sie in der Bank ihr Gehalt abhob, war
es ihr peinlich, weil der Kassier, während er das Geld zählte,
das er ihr geben musste, mit lauter Stimme brüllte »fünf –
zehn – fünfzehn – zwanzig – fünfundzwanzig«, und sie
empfand es als eine Schande, weil alle Anwesenden, die am
Schalter Schlange standen, manchmal auch Bekannte, erfuhren, dass sie ein so bescheidenes Gehalt hatte.

Da sie aber beide Buchhalterinnen waren und somit die
Bücher führen mussten, entdeckten sie und ihre Kollegin
bald, dass, abgesehen vom Direktor, alle dasselbe Gehalt bekamen. Sie beide als Angestellte, der Portier, der Laufbursche und der Lastenträger bekamen alle fünfundzwanzig Lire im Monat. Da nahmen sie und ihre Kollegin sich vor, zum
Direktor zu gehen, sich zu beschweren und eine Gehaltser-
höhung zu verlangen. Sie gehen also zum Direktor und ma-

chen ihn darauf aufmerksam, dass fünfundzwanzig Lire im Monat sehr wenig sind, dass er ihnen das Gehalt erhöhen müsse, und auf den Widerstand des Direktors hin sagen sie »Aber hören Sie mal, der Laufbursche und der Lastenträger bekommen auch fünfundzwanzig Lire im Monat«. Und da sagte der Direktor zu ihnen »Na gut, da habt ihr tatsächlich Recht und ich werde sehen, was ich tun kann. Ich senke die Gehälter des Laufburschen und des Lastenträgers«. Da hörten meine Tante und ihre Kollegin sofort mit ihren Forderungen auf, weil sie die anderen nicht schädigen wollten. Nach einigen Monaten wechselte meine Tante dann die Stelle.

Die Katze

Meine Mutter, Tante Bruna und Tante Luisa hingen als Kinder sehr an einer Cousine ihres Vaters, die sie Tante Peppina nannten und die auch in Modena wohnte, an der Ecke Via Emilia/Via Cesare Battisti im obersten Stock.

Diese Tante Peppina hatte eine Katze, die immer auf dem Speicher bleiben musste, weder meine Mutter noch meine Tante Bruna hatten sie je zu Gesicht bekommen, obwohl sie Tante Peppina zwei- oder dreimal die Woche besuchten, hingegen sie Tante Luisa einmal einen Augenblick erspäht hatte, als sie vierzehn Tage bei Tante Peppina geblieben war, auch über Nacht.

Die Katze lebte also immer auf dem Speicher und man brachte ihr nicht jeden Tag etwas zu fressen. Offenbar erwischte sie Mäuse und Vögel auf dem Dach, und das Dienstmädchen hatte die Aufgabe, jeden dritten Tag auf den Speicher zu gehen und sie zu füttern. Eines Tages, als gerade der Krieg zu Ende war, ging das Dienstmädchen mit dem Futter in den Speicher hinauf und fand die Katze, die schon siebzehn Jahre alt war, mausetot daliegen, vielleicht schon seit einem oder zwei Tagen tot. Tante Peppina wusste nicht, wie sie das Tier loswerden sollte, da aber jeden Tag eine Frau namens Filomena kam, um das Treppenhaus zu putzen, fragte sie Signora Filomena, ob sie sich um die Katze kümmern und sie irgendwo wegwerfen könnte. Filomena sagte ja und ging mit der Katze weg. Dann ließ sie sich einen Monat lang nicht mehr sehen.

Endlich kommt sie nach einem Monat wieder. Tante Peppina fragt sie, warum sie sich einen Monat lang nicht mehr hat sehen lassen, und da sagt Filomena »Signora, wenn Sie wüssten, was passiert ist … Das letzte Mal, als ich mit der Katze nach Haus gegangen bin, hab ich nicht gewusst, wo ich sie hinwerfen soll, und wollte meine Schwester fragen, meine Schwester hat gesagt ›Pass auf, es ist jammerschade, diese Katze wegzuwerfen, wir haben so lange kein Fleisch mehr gegessen und jetzt machen wir uns diese Katze, die eine Hälfte gesotten und die andere gebraten‹ und dann haben wir sie ganz aufgegessen, und dann in der Nacht fühlten wir uns allmählich hundeelend und wir mussten ins Krankenhaus, dort haben sie uns einen Monat behalten, wegen Vergiftung«.

Edoardo Amandi, genannt Lalli

Edoardo Amandi, genannt Lalli, ein Guzzaneser Freund von uns, der 1996 gestorben ist, war während des Krieges kommunistischer Partisan. Dann war der Krieg zu Ende, aber bei ihm zu Hause blieb eine Zelle der kommunistischen Partei.

Doch Lalli hatte noch eine zweite Passion, nämlich die Jagd, und kaum dass der Krieg zu Ende war, war es ihm schon gelungen, sich einen Gordonsetter zu beschaffen, der hieß Zim und war auf der Jagd wirklich phänomenal. Eines Tages geht Lalli auf die Jagd und der Hund Zim läuft auf einmal hinter etwas her und verirrt sich. Alle suchen ihn, aber keiner findet ihn, die Jagdhunde haben ja diese Eigenart, hinter etwas herzulaufen und sich zu verirren. Lalli suchte ihn verzweifelt den ganzen Tag, ohne ihn zu finden. Dann suchte er ihn auch an den folgenden Tagen und konnte ihn nicht finden und war verzweifelt.

Als dann noch mehrere Tage vergingen und er den Hund nicht wiederfinden konnte, machte sich Lalli auf dem Höhepunkt seiner Verzweiflung eines Morgens, obwohl er immer erklärten kommunistischen Geistes gewesen war (sein Haus beherbergte immer noch die kommunistische Zelle), zu Fuß auf und ging, im Geheimen und ohne ein Wort zu sagen, zum Wallfahrtsort der Madonna vom Ahorn, und dort zündete er der Madonna eine Kerze an, um zu sehen, ob er dann seinen Hund wiederfände. Am Abend kam er wieder nach Hause.

Am nächsten Morgen wird er von den Carabinieri von Camugnano angerufen, dass sie seinen Hund in Prato gefunden haben. Da war er, wie er Jahre später meiner Mutter erzählte, ziemlich unsicher geworden, denn einerseits glaubte er, die Madonna vom Ahorn habe ein Wunder für ihn bewirkt, aber andererseits hatte er die kommunistische Zelle bei sich zu Hause und er schämte sich und wollte nicht sagen, dass er der Madonna eine Kerze angezündet habe, damit sie ihn seinen Hund wiederfinden ließ.

Aber jedenfalls hatte Lalli immer eine seltsame Denkweise gehabt, denn ich erinnere mich an einen Abend, da waren wir bei uns zu Hause alle beim Essen, und während wir aßen, erzählte er meiner Mutter von einem Erlebnis, das er beim letzten Mal auf der Jagd gehabt hatte: Er zielte auf einen Hasen und als er ihn erschießen will, stellt sich der Hase auf die Hinterpfoten, wie es die Hasen mitunter machen, und schaute ihm ins Gesicht, und an der Art, wie ihn der Hase anschaute, erkannte er, dass er ihm sagen wollte, er sei ein Weibchen und habe in seiner Höhle Junge, die auf ihn warteten, und wenn er schieße, würden auch die Jungen sterben vor Hunger, und vor diesem Blick fühlte er sich so schuldig, dass er, um den Blick nicht mehr aushalten zu müssen, den Hasen sofort erschoss. Als er ihn holte, sah er, dass es wirklich ein Weibchen war, und er musste den ganzen Tag an die Jungen denken, die in der Höhle vor Hunger sterben oder vom Fuchs aufgefressen würden.

Unsterblich

Neulich, es war Ende August, und wir waren in Guzzano, zu Hause mit Tante Bruna, auch meine Cousine Valeria war da und wir schauten wieder einmal die DVD der *Odyssee* in der Version des italienischen Fernsehens an, und wir sehen Odysseus, der mit Kalypso auf der Insel ist, und Kalypso sagt, dass er nach Hause fahren kann, und Odysseus sagt, er will nach Hause, weil er seine Frau wiedersehen will, die eine Sterbliche ist und somit altern wird, und sicher schon ein wenig gealtert ist, weil er schon fast zwanzig Jahre von zu Hause weg ist, und außerdem will Odysseus auch seinen Sohn wiedersehen, und sie sagt, er kann sich jetzt ein Floß bauen und abfahren, denn das ist der Wille der Götter, und sie kann nichts machen, um ihn bei sich zu behalten, wenn die Götter beschlossen haben, dass er abfahren soll, und ich dachte in dem Augenblick bei mir, die arme Kalypso, endlich war es ihr gelungen, einen Mann zu finden, und sieben Jahre lang hatte sie ihn genossen, auch wenn er mitunter traurig war und an den Strand ging, um aufs Meer hinauszuschauen und zu denken, was wohl bei ihm zu Hause in Ithaka jetzt los sei, auf jeden Fall kommt eine Szene, in der sie (eine unglaublich schöne blonde Schauspielerin) ihm zuerst sagt, welcher Route er folgen muss, um nach Hause zu kommen, und dann am Strand liegt und ihm ins Gesicht schaut (unter anderem eine Schauspielerin mit unglaublich schönen grünen Augen), während er mit seinem Floß auf das spiegelglatte Meer hinausfährt und sich entfernt, und in dem Moment dachte ich, dass für sie, die ja ewig war, diese sieben Jahre mit Odysseus mehr oder weniger wie ein *One-Night-*

Stand waren und nicht mehr, und einen Moment lang stellte ich mir vor, dass sie ziemlich traurig war, weil sie wusste, dass sie die nächsten siebentausend Jahre allein sein würde, ohne einen Schiffbrüchigen oder Verschollenen, um sich die Zeit zu vertreiben, und da sagte ich zu meiner Tante »Denk mal, Odysseus und Kalypso waren sieben Jahre zusammen, aber für sie, die ja ewig ist, ist das gar nichts, und jetzt wird sie vielleicht achtzehntausend Jahre allein sein«, und meine Cousine Valeria, die Medizin studiert, jetzt im dritten Semester, fragte meine Tante, was nach ihrer Meinung die Ewigkeit sei, und meine Tante wich ein wenig aus und sagte, der Mensch verlangt nicht nach der Ewigkeit, weil er trotz allem den Wechsel liebt, weil er sich in der Ewigkeit langweilt, aber außerdem ist der Mensch auch ein Gewohnheitstier und hängt obsessiv an seinen Gewohnheiten, weswegen er einerseits, wenn nichts passiert, leidet und sich langweilt, aber wenn er auch nur eine halbe Gewohnheit ändern muss, meint er, er wird verrückt. Dann sagte meine Tante »Stellt euch mal vor, es hätten einige alte Römer aus der Zeit Cäsars überlebt, die jetzt seit über zweitausend Jahren hier sind, wie absurd denen die Welt von heute vorkommen müsste, zum Glück sind im richtigen Augenblick alle gestorben«. Da sagte meine Cousine Valeria, vielleicht gebe es ja noch drei Römer aus der Zeit Cäsars, die unsterblich seien, aber sie hätten es nie jemand gesagt und deshalb wisse es niemand, und nach und nach hätten sie ihre Gewohnheiten geändert und auch ihre Kleider, und von außen betrachtet sähen sie jetzt aus wie normale alte Männer, und die drei hätten alles erlebt, was in den letzten zweitausend Jahren passiert ist, auch wenn wir es nicht wüssten. Und während meine Cousine das sagte, stellte ich mir einen dieser drei unsterblichen alten Römer vor, der die Geschichtsbücher las und sich sagte, da steht ja nur Quatsch drin, aber da waren wir in der Odyssee an der Stelle angelangt, wo bei den Phäaken sportliche

Wettkämpfe stattfinden und zwei junge Phäaken Odysseus auslachen, der nicht daran teilnehmen will, und sie heißen ihn einen alten, feigen Geschäftemacher, da ist Odysseus gekränkt und bringt sie beinahe um, und wir sind alle wieder vom Fernsehen aufgesogen.

In Dakar

Eine deutsche Freundin reiste oft zwei Monate nach Dakar, weil ihr Sohn in Dakar seine Arbeit hatte, also besuchte sie ihn im Sommer, und neulich, als wir an einem Strand waren, wo gerade zwei leicht merkwürdige Erwachsene vorbeigekommen waren, die eine ältere Dame an der Hand führte, und ich hatte sie darauf aufmerksam gemacht und wir hatten uns gefragt, ob die beiden eine so genannte geistige Behinderung hätten, dann haben wir angefangen, von den Behinderten zu sprechen, und sie erzählt mir, sie hat in Deutschland eine Nichte mit Downsyndrom, die schon seit einer Weile einen Freund hat und in einem Dorf lebt, wo in zehn Häusern Leute mit Downsyndrom wohnen und in einem normale, und jedes Mal, wenn sie mit ihrer Nichte telefoniert, sagt ihre Nichte, es gehe ihr ausgezeichnet, und auf einmal sagt meine Freundin dann, in Dakar, genau in der Stadtmitte von Dakar, ist eine ziemlich lange Straße, durch die sie fast täglich ging, dort kommt man auf einmal an eine Kreuzung, wo lauter Lepröse sind, ungefähr fünfzig Lepröse, die um Almosen bitten; dann gehst du, sagen wir, hundert Meter weiter und kommst zu einer Kreuzung, wo es von Leuten wimmelt, denen ein Arm fehlt, und auch die bitten den ganzen Tag um Almosen; dann gehst du noch ein Stück weiter und kommst wieder zu einer Kreuzung, wo Leute ohne Beine sind; dann kommt die Kreuzung der Verrückten und so weiter. Und sie blieb immer stehen, wenn sie dort vorbeikam, und gab den Leprösen etwas, am nächsten Tag gab sie dann denen ohne Arme etwas, und am Tag darauf denen ohne Beine, kurz, jedes Mal gab sie etwas an einer

Kreuzung, und wenn sie nun an einer Kreuzung vorbeikam, grüßten sie schon einige, und sie blieb stehen und wechselte ein paar Worte mit einem Verstümmelten oder einem Leprösen, je nachdem. Aber wenn sie weiterging, dachte sie manchmal an diese Schar, sagen wir, von Leprösen, fünfzig auf einmal, alle an derselben Kreuzung, und sie dachte, wenn sie sich über die ganze Stadt verteilen würden, einer an einen Ort ginge und ein anderer an einen anderen, dann stellte sie sich vor, dass sie viel mehr Almosen bekämen, denn wenn sie zu fünfzigst auf einem Platz waren, dann bekamen vielleicht vierzig etwas an einem Tag und vielleicht zehn überhaupt nichts. Wie sie also eines Tages stehen blieb und einem ohne Beine ein Almosen gab, fiel es ihr ein, ihn zu fragen, und sie fragte ihn, warum sie zu fünfzigst an dieser Kreuzung seien, statt sich über die Stadt zu verstreuen, einer an einer Straßenecke und der andere an einer anderen, so würden sie doch auf mehr kommen, und er antwortete, sie treffen sich alle schon immer jeden Tag hier und kennen sich alle, und deshalb verging der Tag wie im Flug, denn sie unterhielten sich den ganzen Tag miteinander, während es scheußlich wäre, wenn jeder allein an seiner Straßenecke stehen müsste, dann sagte er noch, die Almosen würden sie sich teilen, sodass keiner leer ausginge. Dann hat meine Freundin noch gesagt, dass es in dieser Gegend von Afrika fast überall so ist, man sieht fast nie jemand, der etwas allein macht.

Fabio und der Frosch

Einmal, als die richtige Jahreszeit gekommen war, hatte Fabio Bonvicini, der aus den Modeneser Bergen stammt, beschlossen, Pilze zu suchen. Aus diesem Grund hatte er sich frühmorgens aufgemacht und war von Modena ins Gebirge gefahren. Nachdem er sein Auto geparkt hatte, nahm er seinen Spazierstock und ging dann in einen Wald hinein. Gegen elf Uhr hatte er schon einige Pilze gefunden, und auf seinen Wanderungen war er zu einem Teich in der Mitte einer kleinen Lichtung gekommen, und als er dort war, sah er, dass am Ufer des Teichs viele Frösche waren, da näherte er sich dem Teich leise, dann schob er seinen Stock den Fröschen unter den Bauch und indem er den Stock hochschnellen ließ, warf er die Frösche in hohem Bogen in den Teich, und sowie die Frösche ins Wasser gefallen waren, schwammen sie weg. Und er ließ zuerst einen Frosch hochfliegen, dann nahm er den daneben, schob ihm seinen Stock unter den Bauch und warf ihn platsch ins Wasser. Wie er also die Frösche alle hochfliegen ließ, schien es ihm plötzlich, als sei ein Frosch dabei, der immer wieder zu ihm zurückkam, da begann er aufzupassen und er schaute diesem Frosch zu und tatsächlich schwamm er immer wieder ans Ufer zurück und setzte sich dahin, wo der Stock war, und er hatte ihn schon fünf- oder sechsmal ins Wasser geworfen und es kam ihm vor, als fasse der Frosch das als ein Spiel auf, aber um festzustellen, ob der Frosch zurückkam, weil er Lust hatte, durch die Luft zu fliegen oder ob das alles seine Phantasie war, legte Fabio den Stock vor den Frosch hin und ließ ihn unbewegt liegen, anstatt ihn ihm unter den Bauch zu schieben und ihn hochzuheben, um zu sehen, was der Frosch machte, und der Frosch kletterte auf den Stock, da ließ er ihn aus großer Höhe in den Teich platschen, und der Frosch fiel auf den Rücken ins Wasser, kam wieder zurück, und er legte wieder den Stock vor ihn hin und der Frosch kletterte hinauf und wieder ein hoher Flug und ein Platscher mit Fall auf den Rücken, was für Fabio der Beweis war, dass der Frosch das, was er machte, als ein Spiel auffasste und es ihm sehr gut gefiel. Da ließ er ihn noch einige Male fliegen, dann reichte es ihm und er ging wieder Pilze suchen in den Wald zurück.

Durch diese Geschichte kommt mir eine andere, ähnliche in den Sinn, von einer Katze, die wir als kleines Kätzchen in Guzzano gefunden hatten, sie war in eine Petroleumtonne gefallen und war voller Petroleum, da machten wir sie sauber und nahmen sie mit nach Modena, um sie Leuten zu geben, aber diese Leute hatten die Katze nach einer Woche satt und so blieb die Katze bei uns. Als ich einmal im Sessel saß und an meinen Kram dachte, hatte ich gerade alle Zigaretten aufgeraucht und das Stanniolpapier des Päckchens zu einem Ball zusammengeknüllt und dann mit dem Daumen weggeschnippt, und in einer Sekunde war die Katze da mit dem Stanniolbällchen im Maul, das sie vor mich hinlegte, als wäre sie keine Katze, sondern ein Apportierhund. Aber von da an machte ich öfters Bällchen aus Stanniolpapier, ging ans Ende des Korridors, warf sie und die Katze brachte sie mir zurück.

Dann aber, zehn Jahre später, fand meine Schwester auf der Straße einen Hund, und ich musste die Katze einer Freundin überlassen.

Astolfi

An einem Samstagnachmittag, es war, nebenbei gesagt, ein schöner sonniger Tag, spielte der Sportverein Morane gegen Polysport Sperber von Castelnuovo, Amateurliga. Auf dem Spielfeld war als Verteidiger ein gewisser Astolfi und offenbar hatte dieser Astolfi vor dem Spiel Hunger gehabt und hatte gegessen, nämlich in einem Augenblick, in dem das Spiel stillstand, rülpste Astolfi. Der Schiedsrichter sah ihn einen Moment aus dem Augenwinkel an, dann pfiff er, um das Spiel wieder in Gang zu bringen. Nach fünf Minuten, als das Spiel wieder stillstand, rülpste Astolfi aufs Neue und der Schiedsrichter sah ihn aufs Neue einen Moment an, aber dann wurde das Spiel wieder aufgenommen. Fünf Minuten später rülpste Astolfi ganz gewaltig, da lief der Schiedsrichter zu ihm hin, die Brust herausgestreckt nach der Art der Schiedsrichter, zog eine gelbe Karte hervor und mahnte ihn. Als sich der Schiedsrichter schon umgedreht hatte und sich entfernte, um aufs Neue zu pfeifen und das Spiel wieder in Gang zu bringen, sagte Astolfi »Herr Schiedsrichter, wenn ich gefurzt hätte, hätten Sie mich dann rausgeschmissen?« Der Schiedsrichter lief mit todernstem Gesicht sofort zurück zu Astolfi und Astolfi sagte »Entschuldigen Sie, Herr Schiedsrichter«. Dann ging das Spiel weiter und Astolfi rülpste nicht mehr.

Das hat mir ein Freund erzählt, der als linker Verteidiger beim Sportverein Morane spielte.

Und ich hatte nicht mal Zinsen verlangt

Ich habe einen Freund, der Ingenieur ist und drei Kinder hat. Das älteste ist ein Junge, das mittlere ein Mädchen und das jüngste wieder ein Junge. Vom Mädchen soll hier nicht die Rede sein.

Dieser mit mir befreundete Ingenieur, der das bisschen Geld, das ihm, da er ja die Familie zu ernähren hatte, zum Sparen blieb, immer in Staatsanleihen und Investmentfonds anlegte, erzählte mir einmal Folgendes, als wir uns unterhielten: Um seinem jüngsten Sohn zu erklären, wie die Papiere funktionieren, und auch um ihn zur Mathematik hinzuführen, sagte er zu ihm, wenn er ihm sein wöchentliches Taschengeld gab: Wenn er es im Moment nicht nötig brauche, könne er es ihm, seinem Vater, leihen, und er gebe es ihm in der folgenden Woche mit Zinsen zurück, und er sagte weiter zu seinem Sohn, wenn er keine dringenden Ausgaben habe, wäre es ihm, dem Vater, angenehm, wenn er ihm zum Beispiel für zehn Prozent Zinsen monatlich das ganze Taschengeld leihen würde, weil er sich neue Autoreifen kaufen müsse und nicht besonders flüssig sei; und außerdem hatte er seinem Sohn beigebracht, er solle sich in einem Heft aufschreiben, wie viel er bekommen müsse, und auch die Zinsen berechnen, zum Beispiel, wenn der Sohn in einer Woche sich sein Taschengeld nicht auszahlen ließ, schrieb er zehn Euro und den Monatszins zehn Prozent in sein Heft, und er, der Vater, der der Schuldner war, musste auf dem Blatt des Heftes unterschreiben und so weiter. Der Sohn, der sehr sparsam war, nahm fast nie sein Taschengeld und berechnete immer die Zinsen und brachte sie auf den neuesten Stand, und fast jede Woche am Samstagnachmittag, wenn Zahltag war, setzten sie sich eine halbe Stunde zusammen und überprüften alles und rechneten aus, wie viel dem Sohn an zurückgelegtem Taschengeld und Zinsen dafür zustand. Und er sagte zu mir, es mache ihm großen Spaß, seinem Sohn auf diese Weise zu erklären, wie die Wirtschaft funktioniere, mit dem anderen Jungen, seinem älteren Sohn, sei es ihm nie gelungen, denn der habe eine ganz andere Veranlagung.

Ein anderes Mal, es dürfte ein Jahr später gewesen sein, habe ich den mir befreundeten Ingenieur wiedergesehen und nach ein paar Worten, wie es mit seinem Sohn, dem Spekulanten, gehe, erzählte er mir, eines Samstags habe er ihn um zweihundert Euro gebeten, und er habe sie ihm gegeben, und seinem Grundsatz treu habe er nicht nachgeforscht, was er sich kaufen wolle, auch weil der Sohn in einigen Jahren mit dem Taschengeld und den Geldgeschenken, die er ihm zu einem festgesetzten Zins überließ, ein hübsches Sümmchen auf der Seite hatte. Und er freute sich eigentlich, wenn er manchmal ein wenig Geld ausgab, denn so konnte er auch durch Ausgeben ein Gefühl für Geld bekommen. Darauf hatte er nicht mehr an die zweihundert Euro gedacht, die der Sohn von ihm verlangt hatte. Aber eines Abends, als er von der Arbeit nach Hause kam, gab es Aufruhr, und seine Frau sagte, er müsse sofort alles schlichten, denn es gebe einen Streit zwischen dem Kleinen und dem Großen, und sie stritten jetzt schon seit zwei Stunden. Der Große war gerade weggegangen und hatte die Tür hinter sich zugeknallt, und der Kleine war außer sich vor Wut und hatte sich in sein Zimmer eingeschlossen. Da klopfte er und der Kleine machte ihm die Tür auf, dann erklärte er ihm, dass er dem Großen zweihundert Euro geliehen habe und der Große hätte sie ihm nach drei Monaten zurückgeben müssen, weil er sie brauchte, um sich einen neuen Auspuff für sein Mofa zu kaufen, und er habe sie ihm außerdem sogar zinslos geliehen, und er zeigte ihm auch die unterschriebene Quittung in seinem Geldheft. Und der Große war schon zwei oder drei Monate im Verzug und der Kleine hatte beschlossen, dass er ihm heute das Geld geben musste, aber der Große hatte es nicht, weil er seiner Freundin zum Geburtstag, der in jenen Tagen gewesen war, ein schönes Geschenk hatte machen müssen, und da hatte er zu ihm gesagt, dass er jeden Monat eine andere Ausrede erfinde, um ihm das Geld, das er ihm schuldig sei, nicht zurückzugeben, und dass er ihm als seinem Bruder noch dazu das Geld zinslos geliehen habe.

Nach dem Abendessen rief der mit mir befreundete Ingenieur heimlich den Großen auf dem Handy an, der ihm sagte, er schlafe außer Haus, aber da er wieder Frieden in seinem Haus haben wollte, gab er am nächsten Tag heimlich dem Großen leihweise zweihundert Euro, damit er seine Schulden beim Kleinen bezahlte, weil sonst der Kleine vor Wut durchdrehte. Und als ihm der Große das Geld zurückgab, sagte der Kleine »Und ich hatte nicht mal Zinsen verlangt«.

In der Eisdiele K2

Eines Abends, es dürfte so um neun gewesen sein, wir waren gerade mit dem Essen fertig, da drehte mein Vater mit der Fernbedienung die Fernsehkanäle durch, und im zweiten oder dritten Kanal, glaube ich, gab es einen Schwarzweißfilm mit zwei oder drei Leuten in riesigen weißen Overalls und Gasmasken, was augenblicklich nach einem Science-Fiction-Film aussah. Da sagte mein Vater zu meiner Mutter und zu meiner Schwester, sie sollten sich verziehen (denn sie beschwerten sich manchmal, dass wir gewalttätige Filme anschauten, sie hatten nämlich diese fixe Idee von den gewalttätigen Filmen), dann stellte er sich einen Sessel vor den Fernseher und setzte sich, dann sah er mir ins Gesicht und sagte, wenn ich schweigen und mir den Film ansehen würde, ohne zu nerven, könne ich mich in den anderen Sessel setzen, wenn nicht, solle auch ich mich in ein anderes Zimmer verziehen. Da setzte ich mich hin, und der Film war tatsächlich gut, denn es sah aus, als wäre das alles nach einem Atomkrieg übrig geblieben, denn alle Personen trugen diese Overalls und Gasmasken oder ähnliches Zeug und gingen in etwas herum, von dem man nicht wusste, ob es Ruinen oder Trümmer waren, und auch wenn fast gar nichts passierte, das heißt, dass diese Leute weiter zwischen den Überresten von etwas anderem herumgingen, genossen mein Vater und ich die Sache schweigend in unseren Sesseln.

Dann wurde mit einem Schlag alles farbig und Typen mit Sakko und Krawatte traten auf, und wenn ich mich recht entsinne, hatte einer ein grünes Samtsakko an, und sie diskutierten miteinander, da sagte mein Vater, ich solle keinen

Quatsch machen, und ich sagte warum, er antwortete, weil ich den Kanal gewechselt hätte, und ich sagte zu ihm, schau mal, du hast doch selbst die Fernbedienung in der Hand, da versuchten wir, den Kanal zu wechseln, aber es war schon der richtige, und wir sahen, dass es ausgerechnet der Regisseur war, der einen Film gemacht hatte, in dem Leute einen Film drehen, und der mit dem grünen Samtsakko war der Regisseur des Science-Fiction-Films in Schwarzweiß, und mein Vater sagte Herrgott Sakrament, diese Scheißachtundsechziger und Scheißintellektuellen, die machen einen Scheißfilm, und zu meiner Mutter, die gekommen war, um nachzusehen, was los sei, sagte er, sie solle nicht nerven, denn nie könne man einen guten Science-Fiction-Film genießen, ohne dass einen jemand nervt, aber dass der Regisseur des Films selbst derjenige sei, der nerve, das sei tatsächlich ein Ding, dann schaute er in die Zeitung und sagte »Ein echter Scheißregisseur, dieser Wim Wenders«.

Dann sagte er zu mir »Ich hab Lust auf ein Eis, kommst du mit?«, und wir gingen zu Fuß in die Eisdiele K2 und aßen ein Eis.

Aber die Tatsache, dass einer einen guten Science-Fiction-Film anfängt und ihn dann selber verdirbt, weil er einen Film über Schauspieler dreht, die einen Film drehen, das wollte meinem Vater nicht in den Kopf, und auf dem Weg in die Eisdiele sagte er es bestimmt zwölfmal immer wieder, denn er konnte es wirklich nicht verstehen.

Telefonanrufe (1)

Als mich neulich zum zigsten Mal eine Telefonfirma anrief, die mich im letzten Monat mindestens zwanzig Mal angerufen hat, dachte ich sofort, wenn mich jetzt noch jemand anruft, der mir Sofas oder Telefone verkaufen will, und wenn er sagt »Kann ich mit Herrn Ugo Cornia sprechen«, dann antworte ich, dass Herr Ugo Cornia vor drei Stunden an Herzinfarkt gestorben ist und ich sein Vetter bin, und während der noch sagt »Entschuldigen Sie, tut mir leid, Sie gestört zu haben«, habe ich schon aufgelegt, bevor er mit dem Satz fertig ist.

Denn bei uns lief das Telefon immer auf den Namen meiner Mutter, da mein Vater absolut nicht wollte, dass sein Name im Telefonbuch stand, damit er nicht belästigt werden konnte, wenn er zu Hause war, als aber dann meine Eltern beide gestorben waren, dachte ich gar nicht daran, den Namen im Telefonbuch ändern zu lassen, einesteils aus reiner Faulheit, denn ich hatte nicht die geringste Lust, irgendwo anzurufen oder in irgendein Amt zu gehen, um den Namen umschreiben zu lassen, außerdem auch, weil ich ohne Zweifel am Namen meiner Mutter hing und ich im Telefonbuch gerne Francesca Bacchetti war. Unter anderem gibt es in Modena keinen einzigen Bacchetti, während der Name Cornia in der Gegend von Bologna sehr häufig vorkommt. Und wenn mich in den letzten fünf oder sechs Jahren jemand anrufen wollte, musste er Francesca Bacchetti anrufen, und manchmal, eigentlich ziemlich oft, riefen mich Firmen an, um mir etwas zu verkaufen, und vor allem waren es in jener Zeit Leute, die Olivenöl produzierten, eine Möbelfabrik und Firmen, die Sofas herstellten, sie verlangten immer Signora Francesca Bacchetti, da fragte ich, wer sie seien, und sie sagten die Möbelfabrik Soundso, da sagte ich, sie sei gestorben, und nach zwei oder drei Anrufen merkte ich, dass sie, wenn ich sagte, sie sei gestorben, anstatt weiter auf ihrer Sache zu beharren, verlegen wurden, sich entschuldigten und verabschiedeten.

Eines Nachmittags, nach fünf oder sechs Jahren, rief mich ein Angestellter der Telecom an und sagte, der Name im Vertrag und im Telefonbuch müsse geändert werden und ich müsse meinen eigenen Namen einsetzen, ich sagte ihm, es tue mir leid, den Namen zu ändern, er sagte aber, die Änderung sei wirklich unerlässlich, so haben die von der Telecom meinen Namen ins Telefonbuch gesetzt. Und danach fragten alle, die einem etwas verkaufen wollen, wenn sie anriefen, immer »Kann ich mit Herrn Ugo Cornia sprechen«, und ich sagte »Ja, selbst am Apparat«, dann sagten sie, wir sind die Firma Soundso, Beispiel eine Sofafabrik, und sie beharrten immer bestialisch auf ihrer Sache, und wenn ich sagte, es interessiert mich nicht, sagten sie, sie hätten auch noch andere Angebote, und ich sagte, mich interessierten auch die anderen Angebote nicht, aber wie auch immer, ehe man auflegt, vergehen immer drei oder vier Minuten, die in solchen Fällen als eine wahre Ewigkeit erscheinen. Drei oder vier Jahre später begann es dann mit den Telefonfritzen, die einen oft zwanzig Mal im Monat anrufen, da dachte ich neulich, wenn sie Ugo Cornia verlangen, und sowie sie gesagt haben, sie wollen mir etwas anbieten, sage ich, dass Ugo Cornia gerade gestorben ist, am selben Tag, dann sage ich »Danke, entschuldigen Sie vielmals«, und da ich weiß, dass sie einen Moment verlegen sind, lege ich genau in dem Moment auf.

Telefonanrufe (2)

Es gab eine Zeit, ist noch nicht lange her, da riefen mich die Anti-Raucher-Vereine an, ein Anti-Raucher-Verein von Reggio Emilia rief mich in einem Monat viermal an, und sie fragten, ob ich rauche, und ich antwortete, es sei doch mein Problem, wenn ich rauche und nicht das ihre, da sagten sie, das stimme, es sei tatsächlich mein Problem, aber dann fragten sie »Rauchen Sie oder nicht«, denn da sie ein Nichtraucher-Verein seien, könne es auch ein wenig ihr Problem sein, da sagte ich ihnen noch einmal, dass es trotzdem mein Problem sei und nicht das ihre, dann dankte ich ihnen und verabschiedete mich, und ich muss sagen, trotz ihrer Hartnäckigkeit waren sie immer noch höflich geblieben.

Dann rief mich der Anti-Raucher-Verein von Modena an, auch die waren ziemlich höflich, sie fragten, ob ich Raucher sei oder nicht und daran interessiert aufzuhören, und ich sagte wieder, das gehe nur mich etwas an und sonst niemanden, und dann verabschiedeten wir uns, und die waren nicht einmal besonders hartnäckig gewesen, aber ich fragte mich, ob sie wohl alle Leute kreuz und quer anriefen oder ob ich schon irgendwo in eine Raucherkartei eingetragen sei oder ob es Informanten gebe, die Rauchernamen verkauften.

In derselben Zeit rief mich auch eine Frau aus einem Anti-Raucher-Verein an, der im Süden war, vielleicht in Caserta oder in Cosenza, aber ich kann mich auch irren, und sie sagte »Kann ich mit Herrn Ugo Cornia sprechen«, da sagte ich, selbst am Apparat, und sie fragte mich, ob ich rauche oder nicht, und ich sagte, es sei mein Problem, ob ich rauche oder nicht, da sagte sie »Na, warum sagen Sie mir's denn nicht?«, da sagte ich, weil sie das nichts angehe, da fing sie an zu brüllen »Aha, Sie rauchen, Sie wollen es nur nicht sagen, geben Sie's doch zu«, da sagte ich »Sagen Sie mir bitte Ihren Namen, denn ich zeige Sie an«, aber sie legte augenblicklich auf.

Telefonanrufe (3)

Als ich einmal mit einer deutschen Freundin, die in Florenz wohnt, am Telefon redete und ihr erzählte, dass mich maximal jeden zweiten Tag eine Telefongesellschaft anruft, um mir ein Abonnement zu verkaufen, und als ich dann zu ihr sagte, dass ich jetzt bald sagen werde, ich bin nicht zu Hause und ich bin nicht ich, sondern mein Vetter, und wenn sie mit mir sprechen wollten, sollten sie am Vormittag anrufen, weil ich am Nachmittag arbeite, so rufen sie mich vormittags an und gehen mir nicht auf die Eier, weil ich ja vormittags nie da bin, als ich das alles sagte, erzählte mir meine Freundin: Sie habe einmal plötzlich Zahnweh bekommen. Da ging sie zu einem Zahnarzt in der Nähe, der Zahnarzt war hervorragend gewesen und hatte auch nicht viel verlangt, dann hatte er gesagt, sie solle in vierzehn Tagen wiederkommen, da würden sie alles kontrollieren und nachsehen, ob alles in Ordnung sei, dann hatte sie bezahlt und war froh und zufrieden nach Hause gegangen. Vierzehn Tage später war sie wieder hingegangen, der Zahnarzt hatte sie untersucht und gesagt, einige Zähne seien in Ordnung zu bringen, und sie hatten acht Termine für die nächsten drei Monate ausgemacht. Bei der ersten Behandlung zwang der Zahnarzt meine Freundin in eine äußerst unbequeme Lage, so erzählte sie mir, mit dem Kopf ziemlich weit nach unten, während er sich mehr als zwei Stunden in ihrem Mund zu schaffen machte. Als er dann endlich fertig war, verlangte er außerdem einen Haufen Geld, und schon während meine Freundin nach Hause ging, sagte sie sich, dieser Zahnarzt sei verrückt und stehle ihr außerdem das Geld aus der Tasche und sie gehe nicht mehr hin. Vierzehn Tage später, als sie wieder einen Termin gehabt hätte, blieb sie zu Hause und verrichtete einige Arbeiten und antwortete nicht am Telefon.

Zwei oder drei Tage darauf, während sie nicht daran dachte, klingelte das Telefon, und als sie den Hörer genommen hatte, sagte eine Stimme »Kann ich mit Signora Wagner sprechen«, sie fragte, wer die Signora wünsche, und die Stimme sagte, sie sei die Hilfe ihres Zahnarzts, da sagte sie »Tut mir leid, Signora Wagner ist nach Australien umgezogen, zu ihrem Sohn«, da sagte die Assistentin des Zahnarzts »Wann kommt sie denn wieder, wir haben noch sechs oder sieben Termine mit ihr«, und sie sagte »Sie kommt gar nicht mehr, sie ist für immer nach Australien umgezogen«, und die Hilfe sagte »Dann streichen wir die anderen Termine«.

So ist sie den Zahnarzt losgeworden, ohne herumstreiten zu müssen.

Sonst würde sie sich's überlegen

Vor ungefähr zwanzig Jahren hatte Tante Bruna einen besonders schlimmen Rheumaanfall, der nicht mehr vergehen wollte und ihr auch ziemlich schwer erträgliche Schmerzen verursachte. Dr. D'Alema, unser Kassenarzt, der mit seiner Schwester im selben Mietblock wohnte wie wir, zwei Stockwerke tiefer, kam fast jeden Abend nachsehen, wie es mit dem Rheuma ging, und da das Rheuma nicht verging, hatte er meiner Tante mehrmals andere Medikamente verschrieben, sowohl zu ihrer Genesung als auch zur Linderung der Schmerzen.

Eines Abends musste meine Tante ein neues Medikament ausprobieren, also nahm sie das Medikament zu einer bestimmten Zeit ein, ging dann ins Bett und versuchte zu schlafen, wobei sie hoffte, die richtige Position für ihren Körper zu finden.

Bald darauf schlief sie ein, sie konnte nicht mit Sicherheit sagen, wann genau, aber wie sie sagte, kam es ihr dann vor, als würde sie fliegen, sie hatte angefangen zu fliegen, sie flog hin und her über Modena, dann flog sie in Richtung Apennin und sah alle Berge, den schneebedeckten Cimone und sie flog fünf oder sechs Runden um den Cimone, dann hatte es ihr gereicht, über die Berge zu fliegen, und sie war wieder auf Modena zugeflogen und sie flog über ihr Büro in der Bibliothek der Handelskammer und durch eins der großen Fenster sah sie ihre Kollegin, Signora Solieri, sitzen, die schon arbeitete, dann hatte sie beschlossen, nach Haus zurückzufliegen, und das war in der Via della Cella 35, wie in Wirklichkeit, aber statt des riesigen weißblauen Blocks stand da ein großer Schrank mit Schubladen, das heißt mit vier rie-sigen Schubladen übereinander, die sich um einen großen, in einer Ecke befindlichen Zapfen drehten und sich wie die fünf Spielkarten öffneten, die man beim Poker in der Hand hat, und jede dieser Schubladen war ein Schwimmbecken, aber ein antikes, so wie die Becken in den Renaissancegärten mit Nymphen und Schilf, und dort hatte sie auf einmal ei-nen Badeanzug an und schwamm, und sie war sehr lange im Wasser geblieben und war dabei immer geschwommen. Dann hatte sie sich auf den Rand gesetzt und die Füße ins Wasser hängen lassen und gegen halb sieben Uhr früh wach-te sie auf, in Schweiß gebadet, aber sehr guter Dinge.

Dann hatte Tante Bruna bis halb acht gewartet und dann erst Dr. D'Alema angerufen, um nicht zu früh zu stören, der aber sagte, sie solle dieses Medikament nicht mehr einneh-men, denn es habe ihr so etwas Ähnliches wie Halluzinati-onen verursacht, also vertrage sie es wohl nicht und sie müssten ein anderes ausprobieren. An dem Tag sagte Tante Bruna dann zu meiner Mutter, diese Nacht sei ohne Zweifel die schönste Erfahrung ihres Lebens gewesen: Das Fliegen, denn Fliegen sei ja etwas, das man sich gar nicht vorstellen könne, die Solieri, die an ihrem Schreibtisch sitzt und Ab-rechnungen macht, und du fliegst vorbei, unsere Wohnung ein Schwimmbecken, aber dann – so sagte sie – das Gefühl, leichter zu sein als die Luft, das sie beim Fliegen in sich spür-te; auch unsere Wohnungen, die große Schubladen waren und sich um den Zapfen drehten, an dem sie festgemacht waren, und sich übereinander öffnen und schließen konnten. Und plötzlich hatte sie auch gesagt, wenn das so sei, dann verstehe sie die jungen Leute sehr gut, die Heroin oder Hal-luzinogene nehmen. Dann sagte sie, sie sei ja jetzt schon über fünfzig, sonst würde sie sich's überlegen.

Nunziata

Als mein Urgroßvater Adolfo Ferrari noch in Pievepelago wohnte, hatte er einen Vetter zweiten Grades namens Raffaello, der mit einer Frau namens Nunziata verheiratet war.

Besagter Raffaello hatte, nachdem er noch nicht lange verheiratet war, auf einmal das Laster, jeden Abend ins Wirtshaus zu gehen, und die Abende, an denen er beschwipst heimkam, waren zahlreicher als die, an denen er nüchtern heimkam. Nachdem es schon einige Monate so dahinging, begann sich Nunziata Sorgen zu machen, dann fasste sie den Entschluss, sich mit dem Pfarrer zu beraten, vielleicht konnte ihr der einen guten Rat geben. So machte sie es, und der Pfarrer gab ihr den Rat: sie solle anfangen, ihren Mann jeden Abend im Wirtshaus abzuholen, auf die höfliche Manier, ohne Szenen zu machen oder ihn zur Eile anzutreiben, aber jeden Abend, wenn er im Wirtshaus war, um ihn abzuholen, auf ihn zu warten und mit ihm zusammen nach Hause zu gehen. Nach der Meinung des Pfarrers würde der Mann, wenn man diese Methode strikt anwandte, nach einer Weile aufhören, den ganzen Abend im Wirtshaus zu sitzen und beschwipst heimzukommen.

Noch am selben Abend hatte Nunziata eine Weile gewartet und war dann zu einer bestimmten Zeit von zu Hause weggegangen, um ihren Mann im Wirtshaus abzuholen. Aber kaum hatte sie das Wirtshaus betreten, da begrüßten sie alle Gäste und sagten »Liebe Nunziata, setzen Sie sich und bleiben Sie ein bisschen hier bei uns«. Dann hatten sie ihr sofort ein Glas Wein eingeschenkt. Ebenso am nächsten Abend und den Abend darauf und so weiter. Und nachdem

Nunziata einige Monate lang ihren Mann jeden Abend vom Wirtshaus abholte und sich hinsetzte und einige Gläser Wein trank, wurde sie Alkoholikerin und dachte nur noch daran, zu trinken und ins Wirtshaus zu laufen, während es ihren Mann zu verdrießen begann, Nunziata in so kurzer Zeit so verändert zu sehen, dass er ganz zu trinken aufhörte und nicht mehr ins Wirtshaus ging. So begann Nunziata allein ins Wirtshaus zu gehen.

Wenn mein Urgroßvater diese Geschichte erzählte, sagte er immer, der Pfarrer habe vollkommen Recht gehabt, denn sein Vetter habe aufgehört zu trinken, und dann fing er an zu lachen, und er erzählte die Geschichte immer wieder, denn es war eine von denen, die ihm sehr gut gefielen.

Noch eine Unternehmung von Onkel Santo (2)

Anfang der siebziger Jahre hatte Onkel Santo, der damals in Mailand wohnte und immer Neuheiten hatte, die Modena oder andere Orte in der Provinz erst einige Jahre später erreichten, einen Notizblock geschenkt bekommen, dessen Blätter vorne eine normale linierte Seite waren, wo man seine Notizen aufschreiben konnte, während die Rückseite die genaue Kopie eines Hunderttausend-Lire-Scheins war, sowohl in den Farben wie auch in der Größe. Als er einmal nach Modena gekommen war, um Großmutter, Tante Maria und Tante Fila zu besuchen, hatte er diesen Notizblock dabei, der ihm sehr gut gefiel und den er nach dem Mittagessen allen gezeigt hatte, und mir und meiner Schwester, die wir noch Kinder waren, hatte er je ein Blatt geschenkt, damit wir so tun konnten, als ob wir hunderttausend Lire hätten, und sowie jemand sagte, ihr habt aber viel Geld, drehten wir das Blatt auf die linierte Seite und lachten. Einige Monate später, als es Sommer geworden war, war Onkel Santo mit Tante Fila wie gewohnt nach Pievepelago gegangen, um dort einige Tage Ferien zu machen. Da sie dort einen Großteil der Zeit damit verbrachten, in Pievepelago herumzugehen und Bekannte und entfernteste Verwandte zu begrüßen, begegneten sie auf ihren Spaziergängen auch dem Pfarrer, der sie jedes Mal auf wirklich sehr freundliche und herzliche Weise grüßte, vor allem den Onkel Santo, herzlicher als in den vergangenen Jahren, und obwohl sie den Pfarrer schon kannten, als er noch ein kleiner Junge war, und sie ihn immer gut hatten leiden können, erschien ihnen diese Art, sie zu grüßen, doch übertrieben und zu liebevoll. Onkel Santo und Tante Fila hatten angefangen, sich zu überlegen, was passiert sein konnte, um diese Zuneigung zu rechtfertigen.

Da fiel Onkel Santo auf einmal ein, dass er in der Osterzeit, als er den Notizblock mit den Hunderttausend-Lire-Scheinen bekommen hatte, als Osterwünsche Freunden und Bekannten einen solchen Schein geschickt hatte, so ins Kuvert gesteckt, dass man sofort den Hunderttausend-Lire-Schein sah, und wenn man dann das Blatt aufklappte, las »Alles Gute, Santo Ferrari«, und es fiel ihm ein, dass er den falschen Schein auch dem Pfarrer von Pievepelago geschickt hatte. Da sagte er es Tante Fila, die sofort sagte, er müsse die Zweideutigkeit klären und etwas stiften, aber Onkel Santo sagte »Nein, zu dem gehe ich nicht«, da sagte Tante Fila »Na gut, dann gehe ich hin, aber du musst etwas stiften«, aber Onkel Santo sagte »Und stiften tue ich auch nichts«.

Da wurde Tante Fila mit Onkel Santo böse und sagte, er solle sich solche Scherze in Zukunft sparen, dann ging sie zum Pfarrer und bat um Entschuldigung.

Der Bohrer

Ein Freund von mir, ein Anarchist, der in Ferrara wohnt, Davide heißt und von Beruf Elektriker ist, erzählte mir einmal von dem Moment, in dem er sich das Schlimmste in seinem ganzen Leben erwartet hatte: Das war, als er ein Transformatorenhaus reparieren sollte, durch das eine Hochspannungsleitung ging, nicht zu vergessen, dass er immer langes Haar und einen langen Bart gehabt hatte, und bei dieser Reparatur musste er an einem bestimmten Punkt ein Loch bohren, aber er musste die Stelle sehr genau treffen, weil das Loch in nächster Nähe zur Hochspannungsleitung sein musste, und um genau die Stelle einzuhalten, richtete er sein Augenmerk auf die Spitze des Bohrers, um gerade zu bohren, doch kaum hatte er mit dem Finger auf den Knopf des Bohrers gedrückt, da erfasste der Bohrkopf seine Haare und zog sie mit, und in weniger als einer Sekunde hatte die Spitze sein Gesicht nach unten gezogen und drang in die Mauer ein, auf die Hochspannung zu, die schleuderte ihn aber mit einem Schlag zwei Meter weit weg, er hatte zwar den Bohrer im Haar, aber ausgeschaltet.

Und nach einer Sekunde sah er, dass ihm nichts passiert war, auch wenn es unglaublich erschien, denn jeglicher Logik entsprechend hätte er dran glauben müssen, und so atmete er erleichtert auf und begann sein Haar und seinen Bart aus dem Bohrer herauszuwickeln. Als er dann abends nach Hause kam, rief er seine Freundin und alle seine Freunde an, um es ihnen zu erzählen.

Neulich am Abend

Als ich neulich am Abend mit einem Bärenhunger von der Arbeit nach Hause kam, machte ich mir schnell Spaghetti mit Tomatensoße, nachdem ich fertig gegessen hatte, legte ich mich ins Bett, um etwas zu lesen. Da mir aber die Augen zufielen, löschte ich das Licht aus, um im Dunklen ein wenig zu phantasieren, und dachte dann, ich müsse meiner Mutter noch sagen, wenn ich zufällig einschlafen würde, solle sie mich um Punkt neun rufen. Dann hörte ich auf einmal meine Mutter, die zwei- oder dreimal rief »Ugo wach auf, es ist neun«. Da stand ich auf.

Nachher fiel mir ein, dass meine Mutter schon seit drei Jahren tot ist.

Ich trinke

Sehr gut gefiel mir immer der Witz von den zwei Typen, die zusammen in der Schule, in derselben Klasse sind, dann ist die Schule zu Ende und sie verlieren sich aus den Augen.

Ein Jahr später begegnen sich die beiden mit dem Fahrrad und der eine fragt den anderen »Na, wie geht's«, und der andere sagt »Ich habe eine Arbeit in einer Fabrik gefunden, der Besitzer ist zufrieden und hat mich angestellt. Und dir?«, und der andere sagt »Na ja, ich trinke«.

Es vergeht einige Zeit und die beiden begegnen sich wieder, der Erste ist mit dem Fahrrad da, während sich der Zweite eine Vespa gekauft hat. Der Erste sagt »Na, wie geht's?«, und der Zweite sagt »Ich arbeite immer noch in derselben Fabrik, der Besitzer ist zufrieden und hat mir eine bessere Stelle gegeben, und dann habe ich mir eine Vespa gekauft. Und dir?« »Na ja, ich trinke.«

Es vergeht einige Zeit und die beiden begegnen sich wieder. Der Erste ist immer noch per Fahrrad und der Zweite hat sich einen Fiat hundertsieben gekauft, da sagt der Erste »Na, wie geht's?«, und der Zweite sagt »Gut, ich bin Abteilungsleiter geworden und habe mir einen Gebrauchtwagen gekauft, dann habe ich ein Mädchen kennengelernt und wir haben uns verlobt. Und dir?« »Na ja, ich trinke.«

Er vergeht wieder einige Zeit und die beiden begegnen sich wieder und der Erste immer noch per Fahrrad, während der Andere sich einen Fiat hunderteinunddreißig gekauft hat, der Erste sagt »Na, wie geht's?« und der Andere sagt »Sehr gut, ich habe mit dem Besitzer gerade eine Gesellschaft gegründet, ich habe geheiratet und wir möchten Kinder. Und dir?« »Na ja, ich trinke.«

Es vergeht wieder einige Zeit und die beiden begegnen sich wieder und der Erste ist immer noch per Fahrrad, während der Zweite einen Mercedes hat, und der Erste sagt »Na, wie geht's?«, und der Andere sagt »Gut, mir gehört jetzt die ganze Firma und ich expandiere, meine Frau und ich haben einen Sohn, und dir?« »Na ja, ich trinke.«

Es vergeht wieder Zeit, die beiden begegnen sich, der Erste ist immer noch per Rad, und der Andere hat einen Porsche. Und der Erste sagt »Na, wie geht's?«, und der Andere sagt »Gut, wir machen gerade Filialen im Ausland auf, und mein Sohn geht schon in die Schule, und ich habe jetzt auch eine Geliebte. Und dir?« »Na ja, ich trinke.«

Es vergeht wieder Zeit, die beiden begegnen sich und jeder fährt einen Ferrari, und der Erste sagt »Na, wie geht's?« »Alles läuft gut, ich habe sechs Fabriken, außerdem habe ich auch eine neue Geliebte. Und dir, sag mal, wie geht's dir eigentlich?« »Na ja, ich habe die leeren Flaschen verkauft.«

Tschick-tschick

In einem Sommer waren wir in den Ferien nach Kreta gefahren, viele Leute, ungefähr zehn, und hatten in Rhethymnon ein Haus gemietet. Eines Abends waren Dino Baldi und ich allein ausgegangen und hatten uns in Richtung Hafenmole bewegt, denn das Städtchen Rhethymnon hatte einen hinreißenden kleinen venezianischen Hafen, und wir hatten einige Fläschchen Ouzo und blaue Gauloises gekauft, weil keine MS zu finden waren, und wir waren dann miteinander redend auf einem Arm der Hafenmole gelandet, der fünfzig Meter aufs Meer hinausging, und dort hatten wir uns weiter plaudernd auf den Boden gelegt.

Und seit eh und je, wenn ich mich mit Dino unterhalte, wir unterhalten uns nämlich nahezu immer über kosmologische Themen, dann kommen wir immer groß in Fahrt, und in diesem Fall war es schon dunkle Nacht, und es war immer noch ziemlich heiß, wir hatten nur kurze Hosen und Unterhemden an und mitunter mussten wir unsere Beine anfassen, als würde uns etwas leicht berühren und uns einen Augenblick kitzeln, und da merkten wir, dass es sich dort, wo wir uns hingelegt hatten, um einen Platz größten Verkehrs von Küchenschaben handelte, und wir mussten uns mitten auf den Bahnen der Schaben befinden, denn sie machten zwar einen Bogen um uns, aber kaum hatte einer seine Beine nicht mehr am Boden, krochen sie unten durch, um auf die andere Seite zu gelangen, und sie streiften unsere Härchen, was einen Augenblick kitzelte. Da rückten wir zwei Meter weiter weg und nahmen unsere Unterhaltungen wieder auf, denn es waren schöne kosmologische Gespräche, aber auch über Sex, und es hätte uns gestört, auf halbem Weg aufzuhören.

Nach kurzer Zeit aber hörten wir auch ein Geräusch, das klang wie tschick-tschick, tschick-tschick, denn als wir uns auf den Boden gelegt hatten und zum Sternenhimmel schauten und Dino sagte »Hörst du auch dieses Tschick-Tschick?«, und ich sagte, ich hätte es ihm auch gerade sagen wollen, da setzten wir uns auf und sahen, dass um uns herum fünf oder sechs Ratten waren, die die Schaben fraßen, und sie waren es, die mit den Zähnen tschick-tschick machten, während sie die Schaben kauten.

Da standen wir auf und beschlossen, anderswohin zu gehen.

Hunde und Betrunkene

An demselben Abend in Rhethymnon fanden wir, Dino und ich, dann eine Bank auf einem Platz, denn wir hatten ja noch unsere Ouzofläschchen auszutrinken, und als es Mitternacht war, beschlossen wir, nach Hause zu gehen. Wir hatten beide ziemlich viel Alkohol intus, denn den Ouzo mit seinem wunderbaren Anisaroma trinkt man, ohne es zu merken. Zwei Straßen, bevor wir nach Hause kamen, war meine Freundin plötzlich da, die allein unterwegs war, und wenn man ihr ins Gesicht sah, war es klar, dass sie etwas gegen mich haben musste aus irgendeinem eigenen Grund. Ich fragte, wohin sie ginge, aber sie sagte, ich solle mich nicht darum kümmern, da ging ich hinter ihr her um den nächsten Häuserblock herum, weil ich mit ihr sprechen wollte, Dino folgte uns im Abstand von zehn Metern und war ziemlich betrunken, und als wir bei diesem Gang um den Häuserblock auf einem Platz herauskamen, merkte ich, dass zwei Typen, die nach Schlägern aussahen, auch hinter uns hergingen, und sie sagte, die würden ihr schon seit einiger Zeit folgen, worauf ich sagte »gehen wir nach Haus«, aber sie sagte »nein, ich will noch draußen bleiben«, und unter anderem war in einer Ecke dieses Platzes bei einer Treppe eine Hündin mit Jungen, der wir uns schon am Vormittag genähert hatten, um die Welpen anzuschauen, worauf sie aufgesprungen war, um zu beißen, und böse geknurrt hatte, bis wir weggegangen waren, und während ich auf dem Platz mit meiner Freundin sprach und zu ihr sagte »gehen wir«, sah ich die zwei Schlägertypen näherkommen und sah Dino auf die Hündin zugehen und ich begann zu spüren, wie die zwei

Hälften meines Gehirns sich voneinander loslösten, weil die eine auf Dino achtgab und die andere auf die zwei Schlägertypen, und es hielt nichts mehr zusammen, und in einer Sekunde waren die zwei Schlägertypen da, und der eine, der dickere, der schlecht Italienisch sprach, fragte mich, was ich mache, und sagte, ich solle das Mädchen in Ruhe lassen, und meine Freundin sagte, er solle sich um seinen eigenen Kram kümmern, aber der dicke Schlägertyp fing an, Wörter zu mir zu sagen, die nach seiner Meinung warmer Bruder und Nuttensohn heißen sollten, und gekränkt zu sein wäre falsch gewesen, aber es war ein ziemlich merkwürdiges Gefühl, dann gab er mir einen Stoß und wir stießen uns hin und her, während ich zu meiner Freundin sagte, sie solle nach Haus gehen, aber der andere Schlägertyp rückte ihr nicht vom Leib, und Dino war verschwunden, und in einem Augenblick kam ein anderer Grieche mit einem Motorrad, der dann mit seinem Motorrad zwischen mir und dem stoßenden Schlägertypen hielt, und sie fingen an, auf Griechisch miteinander zu streiten, sodass man keinen Furz verstand, dann sagte er in gutem Italienisch zu mir, ich solle meine Freundin nehmen und sofort mit ihr nach Hause gehen, während die Griechen auf dem Platz weiter miteinander stritten und noch zwei mit dem Motorrad gekommen waren, wir gingen dann zu der Treppe, um Dino aufzulesen, denn ich dachte, die Hündin hätte ihn bestimmt gebissen, und zu meinem Staunen lag Dino auf der Erde mit einem jungen Hund und die Hündin auf seinem Bauch und die drei anderen Welpen an seiner Seite, und man muss sagen, dass Hunde sich mit den Betrunkenen immer ausgezeichnet verstehen.

Dann stand Dino auf und wir gingen nach Haus.

Springe!

Noch ein Witz, der mir immer sehr gut gefallen hat, ist der von dem deutschen Wissenschaftler und seinem Frosch. Er setzt den Frosch auf einen Tisch und brüllt »Springe«, der Frosch springt und er misst und dann schreibt er sich auf – Mit vier Beinen springt der Frosch einen Meter. Dann schneidet er ihm ein Bein ab und brüllt »Springe«, der Frosch springt und er schreibt sich auf – Mit drei Beinen springt der Frosch achtzig Zentimeter. Dann schneidet er ihm noch ein Bein ab und brüllt »Springe«, der Frosch springt und er schreibt sich auf – Mit zwei Beinen springt der Frosch vierzig Zentimeter. Er schneidet ihm noch ein Bein ab und brüllt »Springe«, der Frosch springt und er schreibt sich auf – Mit einem Bein springt der Frosch zehn Zentimeter. Dann schneidet er ihm noch ein Bein ab und brüllt »Springe, los, so springe doch«, aber der Frosch bewegt sich nicht und er schreibt sich auf – Ohne Beine ist der Frosch taub geworden.

Zwei Grundbuchbeamte

Neulich will ich bei Mario Giovanardi vorbeischauen, und als ich vor der Tür seines Ateliers stehe, kommt er gerade heraus und sagt, er geht zu Vincenzo, in den Bioladen, auf ein Glas Wein, ob ich mitkomme. Wir gehen also los und kommen dort an, dann trinken wir ein Glas Lambrusco und Vincenzo, der Geschäftsführer, der ein ehemaliger neapolitanischer Musiker ist, hörte eine Donizetti-Platte. Nach einer Weile kam auch Cremaschi, der einen Weißen, nicht moussierenden verlangte, und wir unterhielten uns über verschiedene Dinge, aber Vincenzo sagte, wir sollten still sein und der Musik zuhören, und während wir zuhörten, kam plötzlich ein überwältigendes, leicht sentimentales Motiv und Vincenzo sagte, ein großer Frauenheld dieser Donizetti, da sagte Cremaschi, wer weiß, ob es wahr ist, dass Donizetti ein großer Frauenheld war, denn von den berühmten Männern heißt es immer, sie sind große Frauenhelden, während er mit Sicherheit sagen kann, dass es in Modena, als er noch ein Junge war, zwei Grundbuchbeamte, Größe einmetersechzig, gegeben hat, die keine ausließen und fickten, was das Zeug hielt, und in ihrem Fall wusste es ganz Modena.

Mein Urgroßvater

Nach den Erzählungen meiner Großtante hatte ihr Vater Adolfo (mein Urgroßvater) große Angst davor, mit achtundvierzig Jahren zu sterben, weil sowohl sein Vater (mein Ururgroßvater) als auch sein Großvater (mein Urururgroßvater) beide mit achtundvierzig Jahren gestorben waren, den einen hatte der Schlag getroffen und der andere war verunglückt. Deshalb wurde ihr Vater, je näher sein achtundvierzigstes Jahr rückte, um so nervöser, strich rastlos im Haus herum und machte alle zwei, drei Monate ein neues Testament. Da er noch am Leben war, kamen ihm andere Gedanken und er machte ein neues Testament und so weiter. Da hatte die Mutter den Kindern, die sie gefragt hatten, was der Papa denn habe, erklärt, dass sowohl der Vater ihres Vaters als auch der Großvater ihres Vaters beide mit achtundvierzig Jahren gestorben waren, und so bereitete auch er sich, da er bald achtundvierzig sein würde, auf den Tod vor, denn er war überzeugt, dass alle Männer seiner Familie mit achtundvierzig sterben würden, und daher wollte er sein Testament gut machen und alles in bester Ordnung hinterlassen, bevor er wegging.

Dann wurde mein Urgroßvater achtundvierzig, er blieb ängstlich und regte sich wegen jeder Kleinigkeit auf, nach den Erzählungen meiner Tante, wenn sich zum Beispiel eine Fliege auf seine Hand setzte, weil es immer heißt, die Fliegen setzen sich gern auf Leichen, wurde er sofort fuchsteufelswild, verfolgte die Fliege eine Weile und dann begann er sich ein neues Testament auszudenken, um zur Ruhe zu kommen. Dann wurde er neunundvierzig und war weiter ein wenig nervös und sagte oft Hmm und setzte sich in einen Sessel, um fünf Minuten gar nichts zu tun, nur aus dem Fenster zu schauen, wobei er fünf-, sechsmal Hmm sagte, dann stand er auf und ging vor dem Haus einige Male auf und ab und stützte sich mit der Hand auf einen Pfirsichbaum, den wir hatten. Im Jahr darauf wurde er dann fünfzig und seine Nervosität nahm ab, denn anstatt sich um ein Jahr älter zu fühlen, sah er, dass er das schicksalsschwere Jahr schon zwei Jahre überrundet hatte.

Schließlich starb er neunzehnhundertsiebenunddreißig mit achtundneunzig Jahren.

Spitznamen

Für mich ist die Frage, wie es zu einem Namen kommt, immer sehr interessant gewesen, und Tante Bruna sagte neulich, dass in Porcile einer wohne, der Pfannkuchen heiße und ein großes, rundes, sehr breites Gesicht habe, und nach ihrer Meinung heiße er vielleicht aus diesem Grund Pfannkuchen, aber sicher war sie sich nicht. Nach meiner Meinung aber hatte der Name einen anderen Ursprung.

Doch meine Tante erinnerte sich sehr gut an einen, der in Bagnana wohnte und Secondo hieß und nicht besonders groß war, so ungefähr einmeterfünfzig, und jedesmal, wenn er nach Camugnano gehen musste, kam er durch Guzzano, denn damals gab es noch nicht viele Autos und die Straße nach Camugnano ging durch Guzzano, und er blieb vor unserem Haus stehen, wo alle vor der Tür saßen, da grüßte er, unterhielt sich ein wenig und dann sagte er jedesmal »Hier möchte ich nicht wohnen, hier kommt nie jemand vorbei«.

Einmal hatte meine Mutter einen Tanzabend veranstaltet und auch Secondo war eingeladen, und als er mit meiner Mutter tanzte, sagte er auf einmal »Signorina, Sie wären genau das Stiefelchen für meinen Fuß«. Jemand hatte es gehört und von da an war Secondo Stiefelchen geworden. Wenn ihn nachher einer aus Guzzano auf der Straße daherkommen sah, kam er zu uns auf die Tenne gelaufen und sagte »Stiefelchen ist im Anmarsch«.

Die Vase des Königs von Italien

Zu den Geschichten, die mir meine Tante aus der aufregenden Zeit des Zweiten Weltkrieges erzählt hat, aufregend sowohl wegen ihrer Schönheit als auch wegen ihrer Hässlichkeit, ist die folgende eine der merkwürdigsten.

Gegen Mitte der dreißiger Jahre beschloss eine Tageszeitung von Modena (meine Tante ist zwar überzeugt, es war die *Gazzetta*, aber ganz sicher ist sie sich nicht), eine große Wohltätigkeitslotterie zu organisieren, um Gelder zu sammeln, die für verschiedene wohltätige Zwecke dienen sollten. Der König von Italien, der durch Modena gekommen war und von der Sache erfahren hatte, hatte für diese Lotterie eine wunderschöne, äußerst kostbare Porzellanvase in Form einer Amphore gestiftet, die höher war als zwei Meter und der erste Preis der Lotterie sein sollte. Vorübergehend war die Vase in das persönliche Büro des Herausgebers der Zeitung gestellt worden, und die Frau des Herausgebers, die bei einem Besuch im Büro ihres Mannes die Vase sah, hatte sich so in die Vase des Königs von Italien verliebt, dass ihr Gatte, das heißt der Herausgeber der Zeitung, dem es nicht an Mitteln fehlte, beschloss, seiner Frau die Vase des Königs von Italien zu schenken. Deshalb hatte er, um üble Nachreden und Kommentare zu vermeiden, alle Lose der Lotterie gekauft. So konnte er die Vase des Königs von Italien seiner Frau schenken. Einige Jahre später starb der Mann und der Krieg brach aus. Und wieder einige Zeit später war die Signora, deren Haus bombardiert worden war, als Evakuierte bei uns gelandet. Trotz aller Schwierigkeiten, die ein Krieg mit sich bringt, hatte sie die Vase des Königs von Italien bei sich, die dann, so erzählt meine Tante, in einer Ecke des Wohnzimmers untergebracht wurde, gegenüber einem Sofa, denn dies war der einzige Platz, an den die Vase passte.

Und meine Tante erzählt, jedes Mal, wenn Pfirsiche oder Aprikosen im Haus waren, warteten sie und meine Mutter, damals kleine Mädchen, nachdem sie gegessen hatten, bis sich die Signora zurückzog, dann holten sie sich eine Aprikose, setzten sich aufs Sofa und, wenn sie die Aprikose gegessen hatten, zielten sie um die Wette, wer mit dem Kern in die Vase des Königs von Italien traf.

Da am Ende des Krieges ein großes Durcheinander herrschte, und auch unsere Familie evakuiert wurde, kann sich meine Tante nicht mehr erinnern, was aus der Vase und der Signora geworden ist.

Die Schlauen und die Reichen

Eines Tages ging Bonvicini in den Amendola-Park, um den Hund seiner Freundin spazieren zu führen, und er setzte sich auf eine Bank am Parkrand, wo ein Querparkplatz war, um seine Zeitung zu lesen, während der Hund in der Nähe herumstreifte. Da kam auf einmal einer mit einem sehr großen, dunklen Auto, wahrscheinlich ein BMW, und da kein Parkplatz frei war, schaltete er den Motor aus, blieb stehen und wartete, ob jemand wegfuhr.

Als er schon eine Weile gewartet hatte, kam ein Mädchen, stieg in ihr Auto, das zehn Meter weiter vorne geparkt war, um wegzufahren, und der Herr mit dem großen Auto ließ den Motor an und fuhr vor, um zu parken, er ließ ihr aber so viel Platz, dass sie im Rückwärtsgang herausfahren konnte, doch in dem Moment kam ein junger Typ mit einem *Fiat Cinquecento*, der, obwohl er den Herrn gesehen hatte, der hier parken sollte und er schon blinkte, in die Parklücke fuhr und dort parkte.

Da stieg der andere aus dem Auto, klopfte an das Fenster des jungen Typs und sagte sogar höflich zu ihm »Entschuldigen Sie, Sie haben es vielleicht nicht gesehen, aber ich stand schon hinter dem Auto, das weggefahren ist, weil ich parken wollte, ich habe mehr als zehn Minuten auf einen freien Platz gewartet«. Und der junge Typ sagte, während er aus dem Auto stieg »Wo leben Sie eigentlich, die Welt gehört den Schlauesten, hat Ihnen das noch niemand gesagt?«

Da sagte der Herr zu ihm »Das haben sie dir falsch erklärt, denn die Welt gehört nicht den Schlauesten, die Welt gehört den Reichsten«. Dann stieg er in sein Auto, richtete die

Schnauze seines BMW auf die Stoßstange des *Cinquecento*, gab Gas und stieß den *Cinquecento* in den Park hinein. Dann stieg er aus dem Auto, schloss es ab und sagte »Jetzt kannst du die Verkehrspolizei rufen, wenn du willst«, und machte seinen Spaziergang in den Park.

Unsichtbare Wunder

Als ich neulich mit dem Auto von Guzzano talwärts fuhr und in der Höhe von Carpineta plötzlich das Lenkrad so schwer wurde, dass es sich gar nicht mehr drehen ließ, sagte ich zu der Person, die mit mir im Auto saß, meiner Meinung nach hätten wir einen Plattfuß, und als wir hielten, war es tatsächlich so: einen Plattfuß im linken Vorderreifen. Da das letzte Auto, das ich mir gekauft habe, eines von denen ist, die statt eines normalen Reservereifens ein so genanntes Notrad haben, war es schon zehn nach zwölf, als ich das Notrad montiert hatte und weiterfahren konnte, ich hoffte nach Riola zu kommen, solange der Reifendienst noch offen hatte, aber als wir nach Riola kamen, war er schon geschlossen, und die Vorstellung, im sechziger Tempo mit dem Notrad bis Modena zu fahren, nervte mich ein wenig und ich dachte, vielleicht gibt es einen Reifendienst auf der geraden Strecke vor Vergato, wo einige Fertigbauten entstanden waren, die nach Reifendienst und Mechanikerwerkstatt aussahen. Da war dann tatsächlich ein Reifenreparateur und er war auch noch offen und ich fragte ihn, ob er Zeit hätte, mir einen Reifen zu wechseln. Da ließ er mein Auto hochhieven, machte den Reifen ab und dann sagte er zu mir »wir haben nur eine Haut«, und ich sagte »wie meinen Sie das?«, und er »dass es nach meiner Meinung schön ist, auf der Welt zu sein, sehen Sie sich diesen Reifen an, wenn Ihnen der auf der Autobahn platzt, dann ist es fast sicher, dass Sie nicht mit heiler Haut davonkommen«, und er zeigte mir, dass der Reifen ganz abgewetzt war und einige Löcher hatte, mehr oder weniger wie wenn sich einer aufschürft, weil er mit den

Knien auf den Asphalt fällt und ein Stückchen entlangstreift. Dann sah er auch das rechte Vorderrad an und sagte, das würde er auch wechseln. Da ich aber nur zweihundert Euro in der Tasche und die Kreditkarte zu Hause gelassen hatte, fragte ich, wie viel es koste, die zwei Reifen zu wechseln, und er sagte »meiner Meinung nach viel weniger, als wenn man nicht mit heiler Haut davonkommt«, und ich sagte, das stimme zwar, aber ich hätte nur zweihundert Euro dabei, und er sagte, auch wenn er die beiden Reifen wechselte, würde mir noch etwas übrig bleiben. Dann sagte er, wenn ich nach Hause komme, solle ich innerhalb von zehn oder vierzehn Tagen auch die Hinterreifen wechseln, denn die würden es auch nicht mehr lange machen. Ich sagte, das würde ich auf jeden Fall tun, denn in vierzehn Tagen müsste das Auto sowieso zur Inspektion. Als wir wieder losfuhren, machte es mir Spaß, blödsinnig zu fahren, und ich ging mit dreißig in die Kurve und bei jeder Kurve sagte ich zu meiner Freundin, eine solche Kurve sei imstande, mich zwei Cents Reifen zu kosten. Als wir dann in die Nähe von Lame di Reno kamen, sagte ich zu meiner Freundin, ob sie sich nicht freue, dass wir unser Leben riskiert hätten und mit heiler Haut davongekommen seien, nur weil der Reifen in Carpineta bei dreißig geplatzt sei, anstatt zum Beispiel auf der Autobahn, aber sie sagte, ich solle ein wenig schneller fahren, anstatt den Trottel zu spielen, denn sie müsse bald zu Hause sein, weil sie um vier Uhr einen beruflichen Termin habe. Da sagte ich, wenn uns der Reifen bei hundertsechzig auf der Autobahn mitten im Verkehr geplatzt wäre und wir uns dreimal um die eigene Achse gedreht hätten und wie durch ein Wunder auf einem Rastplatz gelandet wären, um auf den Abschleppwagen zu warten, dann würden wir jetzt, an den Kofferraum gelehnt, auf dem Rastplatz stehen und sie würde bestimmt noch erleichtert aufatmen und an ihren beruflichen Termin würde sie überhaupt nicht denken, weil sie

in dem Augenblick denken würde, es sei ein Wunder geschehen, nur wäre es ein sichtbares Wunder gewesen, wenn
wir nach einigen Drehungen um die eigene Achse mit heiler
Haut davongekommen wären, und sie hätte gemerkt, dass
ein Wunder geschehen sei, aber so, nur weil der Reifen in
Carpineta bei dreißig Stundenkilometern geplatzt sei, sei das
Wunder nicht sichtbar geworden, weil es nicht von starken
physischen Emotionen begleitet gewesen sei und ihr so nicht
bewusst sei, dass sie durch ein Wunder gerettet worden sei.
Da sagte sie wieder, ich solle nicht so blöd sein, sondern etwas schneller fahren.

Die heiligen Bremser

Zehn Tage später brachte ich das Auto zu meinem Mechaniker, Signor Macchioni von der Firma Macchioni und Pisi, zur Inspektion, der sagte zu mir, weißt du, dass wir einen Kunden, der auch in der Via della Cella, dir gegenüber, wohnt, gefragt haben, ob er dich vielleicht vom Sehen kennt, denn wir haben auf einmal gedacht, weil wir dich gar nicht mehr gesehen haben, du hättest vielleicht eine schlimme Krankheit bekommen, aber es geht dir doch gut, oder? Da sage ich zu Macchioni, es geht mir hervorragend, weil ich ungefähr einen Kilometer von zu Hause entfernt arbeite, und ich hatte mich nicht mehr sehen lassen, weil ich mit dem Fahrrad zur Arbeit fahre und so das Auto fast nie benutzt habe, und ich sage weiter zu Macchioni, ich bin jetzt gekommen, weil er das Auto durchkontrollieren und zur Inspektion bringen soll, und er sagt, gut, komm morgen Abend wieder, dann haben wir schon alles gemacht, auch die Inspektion. Und als ich dann am nächsten Abend hinkomme, sagt er, Cornia, weißt du, dass wir nur ein Leben haben, da sage ich, wie er das meint, und er sagt, bei deinen Bremsen, wenn du da zufällig einmal hättest schnell bremsen müssen, dann wärst du schnurstracks auf dem Gottesacker gelandet: erstens, die Bremsscheiben vorne waren praktisch weg, wir haben nicht mal versucht, sie zu schleifen, jetzt zeige ich sie dir, die haben wir neu eingesetzt; zweitens, auch die Bremsbeläge waren praktisch weg, aber die vorderen waren noch gar nichts, denn bei den hinteren waren auch die Bremsbacken nicht mehr da, aber der Sicherheit halber haben wir gesagt, schauen wir, wie die Bremstrommeln aussehen, man kann nie wissen, eine von den zwei Trommeln war sogar krepiert, jetzt zeig ich sie dir, ich hab sie extra aufgehoben. Cornia, du musst heilige Bremser haben. Da frage ich ihn, was das ist, ein heiliger Bremser, und er sagt, manchmal, wenn bei einem die Bremsen im Eimer sind, dann gibt es im Himmel so einige Heilige, die anstelle der Bremsen das Bremsen übernehmen, und so kommst du nicht ums Leben. Das sind die heiligen Bremser.

Das Blatt ist schmal

Ich erinnere mich noch, als ich klein war, kam jeden Sonntag Tante Fila zu uns zum Essen. Später musste sie damit aufhören, weil sie mit dreiundneunzig Jahren, wie alle alten Frauen, stürzte und sich den Oberschenkelhals brach; die letzten drei Jahre ihres Lebens verbrachte sie in einem Pflegeheim. Dann ist sie gestorben. Auf jeden Fall weiß ich noch, dass sie nach dem Essen ein wenig mit mir und dann ein wenig mit meiner Schwester Karten spielte. Dann erzählte sie uns ein Märchen und sagte:

Das Blatt ist schmal
Der Weg ist lang
Sagt euren Spruch
Der meine steht im Buch.

Lesen Sie weiter ...

Amara Lakhous   Krach der Kulturen um einen
Fahrstuhl an der Piazza Vittorio
Roman

Mord an der Piazza Vittorio! Ein Verbrechen soll aufgeklärt
werden, aber vor allem entfaltet sich zwischen den Marktständen
und in den Treppenhäusern der Palazzi ein vielstimmiges Portrait
des römischen Lebens.

Aus dem Italienischen von Michaela Mersetzky
WAT 608. 160 Seiten

Valeria Parrella   Der erfundene Freund
Vier Erzählungen

Was tun, wenn der Freund beim Dealen erwischt wird,
der kleine Sohn die Straße der Schule vorzieht und die Mutter
sehnlichst darauf wartet, dass die Tochter endlich ein
ordentliches Dasein beginnt?
Da hilft nur eins: beherzt das Leben selbst in die Hand nehmen.
Eine neue junge Erzählstimme aus Italien,
frech und herausfordernd!

Aus dem Italienischen von Suse Vetterlein
Quart*buch*. Gebunden mit Schutzumschlag. 128 Seiten

Tiziano Scarpa   Venedig ist ein Fisch

Tiziano Scarpa führt uns durch seine Heimatstadt und lässt uns
Venedigs Stadt- und unsere Körperteile neu entdecken. Er wirft
viel vom Bildungsballast, der auf Venedig lastet, ins Meer und sorgt
dafür, dass man über diesen wunderlichen Venedig-Fisch auf ganz
neue Art ins Staunen gerät.

Aus dem Italienischen von Matthias Roth
WAT 610. 120 Seiten

Stefano Benni   Die Bar auf dem Meeresgrund
Unterwassergeschichten

In einer Bar auf dem Meeresgrund treffen sich Geschichtenerzäh-
ler aus der ganzen Welt: Männer mit Hut, Blondinen, der Matrose,
der Teppichhändler, der Zwerg, der Koch, die Nixe, der Barmann,
das kleine Mädchen, der unsichtbare Mann, der schwarze Hund,
der Floh des schwarzen Hundes: sie alle – und auch noch viele
andere illustre Bargäste – erzählen glaubhafte
und unglaubliche Geschichten.

Aus dem Italienischen von Pieke Biermann
WAT 615. 208 Seiten

Ermanno Cavazzoni   Kurze Lebensläufe der Idioten
Kalendergeschichten

Ein fabelhaftes Fabelbuch aus Italien, voller Sprichwörter und
Lebensweisheiten. Und voller Idioten, die der Wirklichkeit mit
Feuer und Mathematik zu begegnen suchen, die einen zu kleinen
Kopf oder ein zu großes Herz haben oder sich für Maler, Schrift-
steller oder Nutten halten. Kurz: Leute wie du und ich.

Aus dem Italienischen von Marianne Schneider
WAT 527. 144 Seiten

Alberto Moravia   La Noia
Roman

In einer Ehe stellt sich oft die Frage: Wer langweilt sich zuerst?
Der große Menschenkenner Moravia lässt die Frage im großen
und ganzen offen, beantwortet sie aber im erotischen Detail.

Aus dem Italienischen von Percy Eckstein
WAT 612. 336 Seiten

Klaus Wagenbach   Mein Italien, kreuz und quer

Klaus Wagenbach, ein großer Kenner und ›appassionato‹ Italiens
seit über 50 Jahren, hat das Land und seine Literatur besichtigt.
Entstanden ist eine vielseitige Liebeserklärung:
Italienische Schriftsteller erzählen von ihrem Land,
seinen Städten und Landschaften, Sitten und Gebräuchen
und immer wieder von seinen Bewohnern.
WAT 559. 384 Seiten

Natalia Ginzburg   Familienlexikon

Das mit dem Premio Strega ausgezeichnete Hauptwerk Natalia
Ginzburgs ist nicht nur das komische Portrait einer denkwürdigen
Familie, sondern zugleich ein großartiges Portrait Italiens.
Aus dem Italienischen und mit einem Nachwort von Alice Vollenweider
WAT 563. 192 Seiten

Gianni Celati   Fata Morgana
Roman

In diesem ausserordentlichen Buch fordert Celati unsere Phantasie
heraus, indem er von Orten und Menschen erzählt, die uns
unbekannt sind und nichts mit unserem Leben zu tun haben.
Oder vielleicht doch?
Aus dem Italienischen von Marianne Schneider
Quart*buch*. Gebunden mit Schutzumschlag. 224 Seiten

Wenn Sie mehr über den Verlag oder seine Bücher wissen möchten,
schreiben Sie uns eine Postkarte (mit Anschrift und ggf. E-Mail).
Wir verschicken immer im Herbst die *Zwiebel*, unseren Westentaschenalmanach mit
Gesamtverzeichnis, Lesetexten aus den neuen Büchern und Photos. *Kostenlos!*
Verlag Klaus Wagenbach Emser Straße 40/41 10719 Berlin
www.wagenbach.de